森澄雄の背中

千田佳代

ウエップ

森澄雄の背中＊目次

装　幀　近野裕一
表紙写真　大崎紀夫

森澄雄の背中

1　出会いとその講義

やすらかやどの花となく草の花

平成二十二年八月十八日、師森澄雄、九十一歳は永眠した。

その一と月前の七月十八日、よく晴れたその日に、私は「杉」の同人仲間の山本悦子さんと、入院先の武蔵野赤十字病院に先生を見舞っていた。

私の鈍い感覚では、森家月例の「白鳥亭俳句会」が記憶にあって、句会のあと、二人は森一家の夕食に付き合っていたこと、天ぷらざるうどん定食が先生の定番で、山本さんの話には、いつも顎をあげて笑われたことなどの思い出が鮮明で、現実の胃瘻の手術のことは放念していた。

折りたたんだ白い布団を背もたれにして、介護の関係なのだろう、高めのベッドの上の師の顔は、少し見上げる位置にあった。昔をしのぶ面影はなかった。

かつて師にはいくつかの表情があった。句会での選者としての厳しいちょっと冷たい目。

功なり名を遂げた老人の穏やかな目。俳句で怒ったときの妥協を許さない冷たい目。「白鳥句会」で自信作をつくられたときに、まわりの賞賛の言葉に時折みせた、無防備ともいえる笑顔。それでいてポーカーフェイスの日もあり、目尻に皺がわずかにあれば含羞。なければ真意を計りかねた。

今、その顔は好々爺そのものであり、入れ歯をはずした凋んだ口元で笑ってはくれたが、すぐに喘ぎながら水を求めた。

果たしてはいなかったが、「人間森澄雄」を書くと師に約束していた私は、その場に及んでも見届けなければという思いはあった。けれども、その日の師が何を着ておられたかは曖昧模糊としている。産着のようなやわらかな白地で、袖があったような、なかったような。かたわらに何があったのか、点滴の薬の色などの記憶が、すっぽりと消えている。

看護師詰所との境がない集中治療室は、高温多湿の麴室にいるような暑さで、師の色白の顔もあきらかに上気していた。

中年の小太りの看護師がカップに氷の音を涼やかにたてて、綿棒を回し、師の口中をゆっくりと拭き、さらに水をふくませて舌の下をやさしく拭いた。

「あら、氷水なのですね、とっても気がきいていますね」

誤嚥のおそれから、口からは水すら飲めないのだ。師は目尻に皺を寄せたまま、肉の落ちた下顎を上下させた。

「お父さん、句会をしますか」

長男の潮さんが聞いた。

師の老人特有の灰色の目に一瞬、光がともった。この問いと同時に、潮さんがスケッチブックを取りだし、父親の目に届くようにするのは、いつも阿吽の呼吸でなされていた。渇きには水を、眠りには枕を、といった家族の情愛であろうか。

だが、目の光はすぐに消えて、気懈く首がふられた。師が筆に手を伸べなかったことは初めてであった。臥中、微熱のなかにあっても、見舞客の花に、スプーンの粥に句心を捉えたとき、その一瞬の気配を息子さんは察して、入院中はスケッチブックを差し出し、そこに父、澄雄が、難読な文字で句を書かれるのが常だった。

先生はお疲れなのだ、その程度にしか思わなかった。うかつであった。私も山本さんも切迫した命を見逃したのだった。なぜなら、私たちは師の生命力を信じていた。それはこれまでいくたびか、死線を彷徨いながらも回復されたからだ。

未発表の句がある。手帖にタワオとあるが、ペンで書かれた日は不明。

遺書を認むべしとの命を受け
遺書に

遺書認む向日葵の黄金《きん》若くして
向日葵や遺書にとどむる句一句

そのときの森澄夫（本名）は二十五歳。そのあと北ボルネオ転進行動といわれる、ジャングルでの「死の行軍」をした。死者二万人、うち中隊二百名の戦死者の中の三名だけの生存者である。

存らえて師は言う。

「百歳には百歳でなければ出来ない句がある。決まり事を超越した百歳の呼吸で自然の声を聴きたい」と、目を細めて遥かに視線をおく、師の恍然とした忘我の表情は、鮮明な記憶としてあった。だから私たちは「先生、また来ます」と、微笑のうちに手を握って別れたのだった。


師との出会いは昭和五十四年七月、渋谷ツインビルにあるNHKカルチャーセンター「森澄雄俳句教室」であった。私、四十八歳、未婚。小さな幼児教育書の出版社に勤続二十三年。家なし子なし版木なし、金もなければ……おまけに左脚にアメリカのB29による機銃掃射の傷痕をもつ、身体障害者であった。

その日も、三か月おくれの受講者でありながら、残業で遅刻し、身をこごめて最後部の席についたのだった。

実はそのときの私は森澄雄のことは何も知らなかった。知っていたのは、早朝、木戸から玄関まで歩きながらひろげた東京新聞掲載の、

磧にて白桃むけば水過ぎゆく　　澄雄

の一句だけだった。読んだ一瞬、荒れたわが庭が、ゆたかな古里の川の流れにかわった。川面に踊るこまやかな陽光に、かるい眩暈をおぼえた。

森澄雄のＮＨＫ俳句講座が開講されたのは、その三か月前であった。偶然と幸運が重なって、この句の作者の話を聞きたいと思った私は受講生となったのだった。


講師は黒板の前をゆっくりと背を折って移動していた。

「こういう風に、摘んでは風呂敷に入れとった」

隣席の小太りの紳士に、声をひそめて尋ねた。

「ここは、俳句講座ですね」

そうですよ、と彼は微笑で応え、黒板を指さした。

河内野や土筆摘みては風呂敷に

三行に分けて、ボード一面を色紙のように扱かった、流れるようなチョークの手跡であった。

「情景そのままだけど、もちろん肉眼でみると、蕨もあれば、いろんなものもあるわけですからね、こう絞るのはむずかしいけれど、そこを単純にパッパッとモノを言ってゆくというのが、大切なんです。おばあさんが一人ね、土筆を摘んどった。それは河内の野っぱらだ」

シルバーグレーの豊かな髪、ややふとり気味の六十歳の森澄雄は、ポロシャツの上にジャケットという、ラフな服装だが、趣味はわるくはなかった。やや膝の出たズボンに、履き古した革のスポーツシューズで、黒板の前を河内野に見立てて往き来する。

「なんでもないんですよ、俳句は。皆さんの方が、むずかしくしている。気持ちとしては、こういう風に単純にお作りなさいと。まあ、その単純が非常にむずかしいのは解りますけど、皆さんのは言葉が多すぎるのよ。材料が多すぎるの、一句の中で、ここでは風呂敷をもってきて、風呂敷を詠ったわけ。こういう風に詠えば、何というかな、いろんなことを言わんで一句の世界が大きくなるでしょう。ひろーい世界になる。

それからね、河内野といえば、今東光さんの、少し卑猥な世界もあるでしょ。だから土筆がおもしろい。風呂敷もおもしろい」

よどみない抑揚をつけた話し方で、まんべんなく受講者を見渡しながら、身振り表現もなかなかであった。

チョークを持つ右手を額におき、しばし考える仕草のあと、黒板を無雑作に拭き、大胆といえる速さで書き上げた。

道元にやさしかりける桃の花

「……道元さん。この人は日本曹洞宗の開祖で、とても厳しい人で『正法眼蔵』なんて非常にむずかしい本だけど、むずかしい仏教の心を除けても、この人の言葉に〈竹の声に心を語り桃の花に心を明るむ〉がある。その境地が道元の心なんです」

言葉を切り、受講者においていた目線を上げ、目を細めて仰いだ。遠目癖かと思ったが、忘我の境ともみえた。

「桃の花を見て、ああ美しいなあ、と我を忘れるのが、実は、幸福な悟りの境地かもわからん。だから道元にとって桃の花は美しかった。我々にも美しいわけです」

師はそこで受講者を見回して笑った。整った初老の顔に浮かべた、少年のような笑いだった。

「だから、そういうことを想いだせば簡単に出来ちゃうわけですなあ。だからね、やさしいのよ俳句ちゅうのは。さて、今日のみなさんの俳句を……」

コピーされた受講者の俳句七十句の、きっかり半分の批評を終えたとき、講座終了のベルがなった。鮮やかな区切り方であった。

それからだった。ほとんどが私より年配の受講者だったが、その八割は女性であった。彼女たちは出口で講師森澄雄を囲んだ。なかには深く頭をさげて輪からはずれる人たちもいた。やがて森澄雄を囲む輪は、そのままエレベーターに向かって移動した。初老の婦人たちは、明らかにかるい興奮の中にいた。一行は地階のエルグレコという喫茶店に消えた。

その夜、私は右親指の痛みに苦しんだ。ＮＨＫの教室の壁には「録音はかたくお断りします」と貼られてあったし、禁をおかす勇気もなかった。

そして四回目の講座のあと駅のホームで、師は私に聞いた。「勉強をしに来てるんか」答に迷う私に、にんまりと笑って、

「そのまま写すなんて無駄はやめなさい。僕の呼吸までを書きとれんはずだよ。諧謔の中の切実な思いをその耳で聞き止めんで、速記するのはつまらんことだ」

私の速記は、四回で終わった。

初めて買った俳句手帳の表面には住所、杉並区松庵三丁目××番地の×××。つぎに本名。七桁の電話番号。「ひろった方ご連絡下さいませんか」と墨書きをして、赤のボールペンで師の寸言を抜書きした。

・興味の焦点　いつまでも手に握るな
・具体的に　具体的に　形容詞トル
・意味よりも響きよきリズム
・知恵を使わない。知恵を出し切るまで待って、言葉を吐く
・吟行ではバスに乗れ、タクシーはダメ、蕎麦屋で食事をトル
　すると、その土地の生活が直にクル
・飼われている猫の名は玉三郎。次男の芸大生が、学校から拾ってきた
　季節を経て、私は、俳句結社が華道、茶道ほどではないが、上下関係に厳しいところだと知った。それなのに、である。

　NHK俳句講座の生徒たちの、森澄雄のオッカケが始まったのだった。新宿で講演があると聞けば、早々に駆けつけて前の席をとり、他の講師よりも激しく拍手を送った。当然私も、きわめて自然なかたちでその中にいた。師はNHK俳句講座を日曜日の昼の部、夜の部とも

ち、他に「五日会」「土曜会」「読売カルチャー」などがあると知ると、大半の人は掛け持ちで受講し始めた。けれどひとり身の私は「土曜会」に、七十三歳の先輩の伝《つて》で入会した。勤め人の身にはそれが限度だった。

ＮＨＫの講座のあと、かつて森澄雄と同僚だったという岡茂子さんと私が、帰宅方向が同じなので師のお供をするようになった。地下鉄で池袋へ、そして西武線で大泉学園へ。

渋谷駅にクリスマスツリーが飾られていたある日。

「旦那の食事はちゃんとやっとるんかなあ」

地下鉄のホームで、師はひとり言のように呟かれた。

「みなさん才女です。上手にお弁当など作ってますね」

「そうだね、病人がいたら、それを第一にせんとなあ」

それから低い声でつづけた。

「ある時期ね、ある時期。強烈にね、その、寝食を忘れて俳句を作る時代がなければね、俳句は自分の手にはいらんものなんだね。それが手に入るまで。そのあとはまあ何とか、それぞれにやってもいいんだけど、ある時期はね。寝食を忘れんと。旦那を放って句会にきて、旦那はたぶん怒っているかもしれんけど、そういう辛いものが俳句なんだなあ」

車中の中吊り広告を見上げて、最後は独白だった。

オッカケは最後には豊川稲荷の「杉東京句会」に及んだ。「森先生ってとっぽいから好きよ」が口ぐせの、中学生の娘をもつ母親の誘いに乗って、駆け出しの五名が出席したのだ。森澄雄をみとめると、五名は高く手を振った。「先生っ」と叫んだ。森澄雄は肩の辺で手を振り返した。

「ＮＨＫ俳句講座の方って、礼儀知らずね」

かなり美貌の和服の女性が聞こえよがしに、傍らの教師風のスーツの女性に言った。

「いえ、私たちは同人で弟子。彼女たちは生徒です」

こころもち空を見上げるようにして、きっぱりとスーツ女史は言った。

その後、二名は続けて出席したが、土曜出勤、残業に明け暮れる私は断念した。それと畳の大広間に四時間の正坐は身障者にはきつすぎたのであった。けれども、東京句会はあこがれの聖堂であり、同人にもなりたかった。

読売新聞「歌と句の春」に「一刀両断の〝お告げ〟」の小見出しで記事が載った。俳句の会について、出句、選句、披講の要点を読み手に解りやすいように、的確に表現してあった。昭和五十九年一月六日付けである。

「森澄雄さんの『杉』の句会を見学した」の書き出しで、選句のおりの、高点句の人の心

の高揚などを「句会はまさに知的ゲーム会場の様相をおびてくる」と述べたあと、

「句会の魅力は、このゲームのあとに、主宰者の審判があることだろう。審判の瞬間は、会員にとっては、神の声にふれる気がするのではなかろうか。天国に行く人、地獄におちる人と、句会は最高潮を迎える。

当日の句会から、神のお告げの声を実際の作品にふれて紹介する。

〝ふらり来て草蝦《えび》を釣る老後なる〟には〈ふらり、など、へんな気分を出すな。味付けで句を作るな〉。〝芒野をわたりて来たる冬瓜汁〟を〈芒野を冬瓜汁をもって渡ってくるなんてムチャクチャだ〉といい、〝老鶯のいま生まれたる雲の中〟を〈〝老〟と〝いま生まれた〟とは、正反対の内容だ。バカ〉と一喝される。

お告げが終わると森主宰は〈病気になって頭の働きが鈍くなったのか、理屈が消えた。理屈なしに句を作れるようだ〉と近況を語り、〈芭蕉は物と一体となるような方法をとったと思う。自然や物の呼びかけに応じていく心のあり方です。このためには、的確な表現が要求される〉と、俳論に移行した。以上、約四時間の句会である。」（宮部修記者）

同じく読売新聞に一月十日、つづけて宮部修記者の記事が載った。先日の記事にクレームがついたのである。

「クレームは、森さんのユーモアのある選評の最後の部分である〝バカ〟と〝一喝〟の表現についてだった。

そのクレーム子の言い分は〈森主宰がバカというはずがない。信じられない〉ということだった。（略）

クレーム子は、句会の録音テープを持ち出してきた。聞いた結果について、〈確かに〝バカ〟という発言はあったが、声が小さく、そのあとに、会場の笑いが入っていた。だから〝一喝〟はきつい表現である。活字から受ける印象は強烈なので、バカのひとことで、森主宰の人柄、言動が誤解されては申しわけない〉という。森さんは〈気心の知れた同人たちに、親しみの気持ちもあってバカというのです。クレームの同人に、心配してくれてありがとうといってください〉という。

この師弟関係は、取材していて美しく感じられた。（略）」

NHK俳句講座ではみられない句会内容だった。

師澄雄の最後の講義が、平成七年十一月、大泉学園勤労福祉会館であった。その三年前に、背柱管狭窄症から車椅子となられた先生に「麓句会」と改めて、NHKの生徒たちが「お近くでの継続を」と願い出ての実現だった。

その日、互選の高点句の順に、まず〈風鈴の音に明けゆき源信忌〉が披講されて、師の句評が始まった。

「さて、源信は何歳で死んだのでしょうか」

「七十六歳です」と、女高師出の白髪の女性が答えた。

「そう、俺も七十六歳。だから近いのだよ」

と言って一座を見回す。開講以来十六年、師弟ともに年を重ねていた。

「源信は恵信とも言ってね、横川にゆけば非常に小さいけれども姿のいい石が遺っている。伝説だけれどもここで『往生要集』を書いたと。これは日本仏教における、完全ではないけれど浄土思想の初め。『往生要集』には地獄の様子が詳しく書いてある。今から読んどくと、行ったとき困らんようになる」

私と隣席の、師の栄養指導の女性のほかは、みな笑った。ころころと笑うのは俳句では若手にはいる六十代の女性で、彼女は机に伏せて豊かな背を波打たせていた。師はこういった女性の反応は好みであった。機嫌のよい声で続けた。

「本当だよ。女のほうが地獄に堕ちいりやすいのよ」

左半身にかるい麻痺が残っているが、矍鑠たるものである。めりはりのある良い声でよどみなく、弟子のひとりひとりに目をおくようにして話す。以前と違うのは、車椅子のため板書することがなくなったこと。

「そこには念仏の極意も書いてある」

師は平易に解説したあと、わずかに声を落し、漢詩を詠うように語った。

「むかし舎衛というところに、須門という美人がおった。ある晩ね、夢にみて、ことを行った。そしたら、向こうから来たのではなく、自分が行ったのではないけれども、愛の喜びさながらであった。かくのごとく念仏申すべし」

娼婦を夢見て『覚め已《おは》りてこれを念ふに、彼も来らず我も往かざるに、しかも楽しむ事、宛然たるが如し。当に斯くの如く仏を念ずべし』のくだりである。

「さながら」で師はほんの少し目をほそめたが、微笑だにしなかった。

「みなさんにも経験があるはずだ。これが俳句の極意だと思えば、みんな極意は知っているはずだよ」

その翌月の十二月二十一日、師は二回目の脳溢血で倒れ、半身不随、そののち言語障害となり、あの流麗なリズムと巧みな諧謔をまじえた講義は失われた。

2　出自──父方の履歴

餅焼くやちちははの闇そこにあり

小説『沈黙』の舞台となった長崎県外海町《そとめ》。そこに建つ遠藤周作文学館を背にすると、五島灘の海面には夕暮れの気配があった。大きな太陽は刻々と赤をまして、かぎりなく碧い空とまじりあって黄金色にあたりを染めてゆく。水平線から光の道が海上を渡っていた。

「日没の方向に五島列島がある」

嗄れた声で、車椅子の師澄雄八十三歳は呟いた。目に落日の色が映っていたが、感情の読みとれない、硬い表情だった。

「この辺りは、黒崎村ですね」

私は、車椅子の方向を山際に変えようとした。師は首を振った。めずらしいことだった。

「じーじ」

師の孫の真人くんが、父親の潮さんと母親の万里さんに両手をつないでもらい、ときおり両足を浮かせての、はしゃぎようだ。近づいてくる茜色の親子に、師は一瞬で満面笑い皺の好々爺とかわった。私は車椅子を潮さんに渡すと、ひとり崖際に向かって歩きだした。

実は私たちは、「平成十四年九州杉の会」に出席したあと、同人の案内する車の先導で平戸を巡り、納戸神の浮世絵風のマリアとイエスに手を合わせ、中浦ジュリアンの顕彰碑を見上げたのち、ここに辿りついたのだった。森一家はこのあと妹の貞子さんの住む長崎に泊まり、私は杉同人の片山路江さんと、五島列島に渡る予定だった。

私の今回の旅の目的は澄雄の父の履歴を訪ねる、それは隠れキリシタンの里巡りでもあった。

そのために「九州杉の会」の二日前に、ひとりで生月島《いきつきしま》を訪れていた。澄雄の父は隠れキリシタンという。それゆえ生地には関係はないが、神の世界に身を受けとめられることを信じて祈った島民の、ほとんどが処刑殺害された岬に立ち、海風をこの肌で感じたい、と思ってのことだった。

平戸大橋を渡り、生月大橋を経て、島の西南の「だんじく様」へ通じるあたりでタクシーを下りた。しかし、私の足ではきつすぎる崖に断念し、わずかな資料を手に、隠れの墓を求めて歩いた。そして、出会った隠れキリシタンの墓は、いずれもあまりにも小さく暗かった。信仰をいつわるための膝丈もない石の鳥居、色あせた竹の花立、しかし竹筒のなかの樒は洗われたばかりの深い緑であった。ある墓は樗《おうち》の花の下にあった。

・森澄夫の父方の祖父の名は、森光右衛門
嘉永五年三月八日
長崎県西彼杵郡黒崎村八十五番戸に生る
・森澄夫の父方の祖母の名は、森（山口）リヨ
慶應二年六月七日
長崎県南松浦郡奥浦村（五島）に生る
・森澄夫の父の名は、森貞雄（俳号森冬比古）
明治二十四年二月八日
長崎県西彼杵郡黒崎村八十五番戸に生る
〈注〉澄夫は本名。澄雄は、昭和十五年「寒雷」十一月号より俳号として定着。

森澄雄「花眼独断」より。

「僕らの生まれてくる前の父の前半生について、迂闊にも僕はほとんど知らない。父は長崎県の離島五島の出身であった。或いは五島の僻村に住むかくれキリシタンの末裔で

あったかも知れない。小さい時、一度だけ妹と一緒に父に伴われて父の生家に行ったことがある。五島の主邑福江から小船でなお半日の行程、何島であったか、浜の人里から離れて、椿の茂る島山のふところに六畳一間程の小屋があった。中から鼻拉《はなひし》の老婆がでてきた。祖母であった。

祖父は父の話では漢学をよくしたが、多分結核であろう、長い病臥ののち早く逝った」

（「短歌」昭和三十九年四月号）

澄雄には、祖父の記述はほとんどない。ただ父貞雄については、母親はまゑの幾倍も書きしるしている。貞雄は、俳句をよくし『枯茨』の句集があり、そのあとがきに、「私は教育家、しかも国漢を主とした家柄に生れたのだが、私一人が教育家を好まず別な職業を選び今日に及んだ」とある。

鼻拉の祖母リヨについて「どうなさったのか」と尋ねたことがあった。「キリシタン禁令の弾圧」と師は投げ捨てるように言い、私は質問したことを悔いたのだった。

「五島へ五島へと皆行きたがる。五島はやさしや土地までも」という外海地方の俗謡は、隠れキリシタンの農民移住のもっとも多かった寛政九年ころに歌われた。しかし移住先の山間部僻地を開墾するという過酷なもので、「五島は極楽、行ってみて地獄」であり、「居付き」

とか「開き」とかと呼ばれて磯漁業権や採薪権などの差別を受けたので、生活は一様に苦しかった。

五島の奥浦は曽根開きで知られる中通島の、中央部である。「椿の茂る島山のふところ」と言っても勾配の急な、しかもときおり蝮が出没する道を、五歳の息子澄夫と三歳の娘貞子を連れた、若い父親が辿る。その先は、ひとり住む母親のもとである。鼻拉の老婆を、それが祖母と知らされて、子供心にその異様な祖母の顔になにかうちのめされたような悲しい気持になったことを今でも覚えていると、澄雄は「寒雷」に書いている。

隠れキリシタン弾圧の歴史は、ヒトラーのユダヤ人狩りにも勝る残酷非道なものであった。その最たるものは、明治の五島崩れで、福江島の隣の久賀島では隠れはほぼその生命を絶たれたという。

森澄雄「白鳥亭日録」より。

「この涙の谷にて、呻き泣きて、御身に願いをかけ奉る。是によりて、我等がおとりなして、あわれみの御まなこを、我らにむかわせたまえ」

今に残るかくれ切支丹の祈りの言葉である。祖母につながる僕の祖先達もこの暗い祈りを祈ったであろうか。」

（「寒雷」昭和四十六年三月号）

榎本好宏『森澄雄とともに』より。

「ぼくが中学生の頃だったと思うが、親父に呼ばれたことがある。そして自分の前に座らせて、『おれもクリスチャンだが、こういう風に（おふくろと結婚して）今ではクリスチャンではなくなっている。お前のおふくろと別れてクリスチャンに帰ろうと思うが、どう思うか』というようなことを聞かれたことがあって、事実、一時親父とおふくろは別れて住んでいた時代があったんです。」（花神社　平成五年三月刊）

その一時とは、歯科医である瀬川亀吉の戸籍謄本に記載されている。（父貞雄は亀吉の婿養子であった。亀吉の長女、瀬川はまゑが澄夫の母である）

・森貞雄ト婿養子縁組婚姻届出　大正七年四月五日受付

・婿養子貞雄ト協議離縁離婚届出　大正十一年二月十三日受付

協議離縁後、貞雄は長崎に移住。追って妻はまゑは子供二人を残して長崎へ。その二年後の大正十三年に、二人は復縁するのだが、その間、澄夫と妹貞子は瀬川家の祖母に育てられた。復縁の年、澄夫は五歳、貞子は三歳であった。

父貞雄は、句集『枯茨』のあとがきで、

「俳句や和歌は幼少から好きであつた。俳句のきざしは小学校卒業の頃にはあつた様に思ふ。然し貧乏と戦ひ向学心を満す為には俳句等やつて居る暇も余裕もあらうはずがなく過した。」

と、その少年期を述べている。

森澄雄「姫路の思い出」より。

「おやじは小学校を出たあとすぐに上京して、千住の医者の家に奉公に入って医者になろうと勉強したんですが国の制度が変わって、学校を出ていない者には医師の免許を出さなくなったので、方向を変えて歯科医の免許を取った。そして、その後兵庫県揖保郡旭陽村（現姫路市網干区）にやって来て、おふくろと出会ったということらしい。瀬川亀吉（母方の祖父）も当時歯科医をしていたので、おやじを代診医にでもするつもりで、二人を結婚させたのでしょう。ただ、おやじは五島出身でクリスチャンだったのだけれど、それを秘密にして結婚したらしい。」　（「杉」平成六年一月号）

大正十三年十二月復縁した貞雄は、長崎市稲佐町一丁目百四十八番地に転籍、歯科医として開業。さらに長崎市本博多町四十番地に転籍届を昭和六年十一月に提出している。澄雄の言によれば、技術が巧みで、待合室は患者でいつも混んでいたとのことである。大学時代に澄雄も歯科技工士として手伝ったこともあるが、「不器用だと、二度大声で叱られたが、以後は褒められた」とも言われた。だが「褒められた」は、師の日常からして納得しかねる。

その長崎で貞雄は、昭和二十年八月九日の原爆投下を受け、家族八名は被爆した。（そのころ澄雄はボルネオの密林を彷徨していた）

被爆後、父母と弟妹六人は、知人の家の屋根裏部屋、四畳半での生活となった。そのあと無医村の長崎市郊外の為石村に招かれて移った。（復員した澄雄もこの為石村で戦病療養にあたった）昭和二十五年浦上の市営住宅を入手し、貞雄は開業した。

長崎の原爆に関する、澄雄の記述は少ない。俳句でも、

白地着て白のしづけさ原爆忌

の一句をとどめるのみで、書くことにはもはや絶望していた。

森澄雄「作家と含羞」より。

「僕の父母はいま原爆中心地区の一角、市営の戦後急造の住宅に住んでいる。映画（「生きていてよかった」）で写される浦上天主堂の廃墟も、ものの十二、三分も歩けば行けるし、あの悲惨な姿で立った片脚の鳥居も五分と歩かない距離にある。そしてこの映画に登場す

る人々の幾人かは、僕の肉眼で知らない人ではない。」（「雲母」昭和三十一年十二月号）森澄雄「雁の数」より。

「長崎の原爆にあってから、晩年の父は生活意欲を失って殆ど患者をみなくなったが、食事のときは、いつもミケ（猫）を膝の上にのせて、自分の魚などをむしってやったりした。今思い出すと、思い出の中で食卓を囲むぼくら家族も、パントマイムのように無言でひっそりしていたように思える。その無言の中で父が突然『空襲警報、空襲警報』と大声を出し、自分でもすぐ気づいてテレかくしにぼくらをみて笑ったりすることがあった。」

（「毎日新聞」昭和四十八年十一月四日）

森家の仏壇は、むかしは和室の床の間に、並んであったと記憶する。澄雄が常伏（常に病床に在る）となられてからは、ベッドの頭部の仕事机の横に置かれるようになった。乾漆の吉野厨子の五十センチ四方くらいの仏壇で、内装の金箔の光をうけて小さな観音像が師を見守るかたちで見下ろしている。自慢の仏壇でもある。中に数葉の写真が飾られている。その一枚は浄土真宗の母。その隣に洗礼名ベルナルドの父君貞雄こと、俳人森冬比古が並ぶ。森澄雄「花眼独断」より。

「どこか郊外へ俳句友達と吟行にでも出掛けた折のものであろう、和服に宗匠頭巾風の帽子をかぶった、死ぬ二、三年前の骨太だった元気な老父の姿だ。」

（「短歌」昭和三十九年四月号）

その宗匠頭巾に和服、胸にうた袋など提げている姿は、蕪村描く「奥の細道旅立ち」の芭蕉を小太りにした雰囲気がある。左手に句帖、右手に万年筆。ペン先が冬の日を弾く。

森澄雄『俳句のゆたかさ』対談　松本幸四郎より。

幸四郎が『吉右衛門句集』を開き「若いころ（昭和十年）の虚子先生と祖父でございます」と言われるのに応えて、

「森＝ああ、いいですね。ぼくの親父も俳句をやっていましたけれども、別府で虚子さんが来て大会があり、行ったんです。そして帰りがけ、近くの温泉に泊まっていて、虚子と間違えられた。親父も宗匠頭巾を被っておったんです。虚子先生、色紙を、と頼まれた。」

（朝日新聞社　平成十年七月刊）

澄雄は言う。五島育ちの親父は非常に魚が好きだった。「ぼくは子供のときから魚の食い方が悪いと叱られた。親父はイカナゴでも、ふっと口に含むと、もう骨ばっかりになって、実にきれいに食べた。それと海で育ったので、小さい時から泳ぐのがうまかった。そのため心臓がとても丈夫であった」そんな病気知らずの父も七十二歳の正月脳溢血で倒れ、ついで潰瘍性大腸炎を病む。翌年八月、長崎医大に入院。（そのころ澄雄は四十四歳。「寒雷」編集長で、青年部の「貘の会」の指導にも当たっていた）

以下は俳誌「笛」におくられた澄雄の手紙である。

森澄雄「まことの契り」より。

死は神に生は薬師《くすし》に秋の天　森冬比古

「いつも父冬比古に対し御厚情を賜り本当に有難うございます。小生、父危篤の電報で九月一日急遽帰郷してきました。カイヨウ性大腸炎で、血便一日に三、四十回に及び、目下リンゲル、ブドウ糖、輸血等あらゆる方法で生命をとりとめている状態です。作品中、

老妻とまことの契り今朝の秋　森冬比古

の句があるのは、父はカソリック、母は真宗で、カソリックでは異教徒との結婚を許さないため長く破門状態になっていたのですが、病篤の中で、父はやはりカソリックによって死後の安心を得たく、カソリックに帰り母とあらためて宗教的に結ばれると共に、最後の告白（ザンゲ）を行い、漸くいま精神の安静を得たところです。医師の見るところ、病状

の帰結は十中九まではっきりしているのですが、その安心の中で、俳句を作っています。あと一ト月もてるかどうか、というのが小生の案じているところですが、あとは奇蹟を待つ他はありません。
同封の作品（二十五句）は病中の吟ですが、父の願いで、貴方様にお送りし、出来れば取捨の上「笛」にのせて頂けたらと思います。作品御覧の上、父の願いをききとどけて頂けると大変有難く存じます。

昭和三十八年九月十一日　　森　澄雄」

（「笛」昭和三十八年十一月号）

『俳句のゆたかさ』対談　松本幸四郎より。
「父が死ぬとき、私は高校に勤めていて、三カ月、学校を休んで長崎に帰り親父の死をみとったんです。（略）死ぬとき大声をあげてね。ぼくをはじめ周囲の者に『お世話になりました』と言って目をつぶって死んだんです。何でもない一介の町の歯科医ですし俳句もまあ無名の俳人だったけれども。」

磔像の茨やうやく枯れんとす　森冬比古

『俳句のゆたかさ』対談　横川　端より。

「ぼくの親父も、俳句の結社誌に投句したり、新聞の投句欄に出したりして、絶えず俳句を作っていた。それをぼくに送ってきて添削してくれというので、ぼくは親父の俳句を見ておったんだ。親父が死ぬ二、三年前に、親父の古希の記念に句集（『枯茨』）を出してあげたんですよ。そのときに、親父はぼくより下手だと思っていたけれども、句集を編んでみたら、おれにはとても詠えんような句があって、大変感動した。（略）それだけの年を重ねているから、自分の人生で歌や俳句を作っている者にはかなわんです。」

（朝日新聞社　平成十年七月刊）

父の死や柿ほのぼのと母残す

貞雄は、カソリックに帰る手続きとして、ローマ法王に、今後生まれる子供はカソリックの洗礼を受けること、などの形式的な誓約を入れ、浦上天主堂の神父の立会いによって、宗教的な結婚の式をあげた。以来、枕頭にはキリストの額が飾られ、その胸にはコンタツ（十字架）が捧げられた。

昭和三十八年十月二十三日永眠　享年七十三歳

磔像に今囀りの天よりす

森冬比古

3　出自―母方の履歴

祖母と寝し春暁なべてもの遠き　　森　澄雄

加藤楸邨「寒雷集俳句の表現」より。

「『十六年ぶりに故郷に帰る。吾が幼少祖母の手に育ちしかば』と詞書にあるとほり、ひさしぶりに帰郷した目に、幼年の夢がつぎつぎに甦るのである。就中、自分を育ててくれた祖母には、すべての夢がつながるのであらう。その祖母と十六年ぶりに寝た。十六年の歳月は祖母を老いしめ、自分を大人にした。幼年の夢はすべて遠い。祖母につながりつつ遠いのだ。春暁の季感が実にたしかにこの感を生かしてゐるのである。」

（「寒雷」昭和十六年六月号）

この母方の祖母について澄雄は、父方の祖母よりも多く書いている。

森澄雄「『寒雷』の戦中・戦後」より。

「昭和十五年、大学一年の春、祖母と上京して旗の台の親戚に泊まって、そのとき楸邨に会いたいんだけど、恥ずかしい、怖いという面もあって、明日帰るという日にやっと決心して小山台の中学校を訪ねた。」

（「寒雷」昭和六十年三月号）

・森澄夫の母方の祖父の名は、瀬川亀吉
明治六年五月二十八日
兵庫県揖保郡旭陽村ノ内津市場村四百三十四番地に生る
・森澄夫の母方の祖母の名は、瀬川（則直）はま
明治二年四月五日
兵庫県飾磨郡廣村ノ内廣畑村十八番屋敷に生る
・森澄夫の母の名は、瀬川はまゑ（長女）
明治三十二年八月十五日
兵庫県揖保郡旭陽村ノ内津市場村四百三十四番地に生る
〈注〉現在、姫路市網干《あぼし》区と改名。森澄夫は本名。

父が協議離婚して長崎に開業のため移り、追って母も網干を離れた期間は一年ほどであっ

たが、その間、四、五歳の澄夫と妹貞子を養育したのは、祖母はまであった。

「網干の駅の土手で土筆なんぞ摘んで帰ると、祖母は仏壇のまえで経をよんでいて、経とおなじ抑揚で『おやつは、せんべーいだよ』とか『おやつはぁようーかんだよー』というんです。足音を消しても、ちゃんとわかる。そしてそのまま経を続けるんです。これこそ法然の一百四十五箇条問答の念仏ですね。」

（ＮＨＫ森澄雄俳句講座で）

上田三四二　対談「日常存問の世界」より。

お互いに兵庫県の生まれだ、との会話のあと、

「森＝上田さんの『遊行』という歌集を読むと、おばあさんが『南無大師金剛』を唱えるという歌がありますね。〈祖母が世の朝宵《あさよひ》の信は南無大師遍照のこゑを聴きてそだちぬ〉という歌。ぼくも、『南無大師』じゃないけどなつかしい気がしました。

上田＝『南無大師遍照金剛』、毎朝やってましたね。

森＝うん、ぼくのおばあさんも朝夕やっぱりお勤めするんですよ、浄土真宗だから『南無阿弥陀仏』だけど。また子供のとき、必ずお寺に連れていくんだな。」

（「俳句研究」昭和六十二年一月号）

大正十二、三年ころ、五十歳前後であった祖母はまは、両親とわかれて住んでいる孫の澄夫とその妹貞子を、折りにふれて寺参りに連れていったと言う。

その情景を実感したいと思い、平成三年五月、私は網干を訪れた。ホームからは新緑の里山が見え、麓に続く草原も一面の緑だった。湿った草の匂いのなかに、懐かしい、あるものの混じっているのを、問うように深く吸いあげてから、三角と四角の白い積木を寄せたような駅舎を降りると、よくある駅前風景だった。四、五歳だった澄夫が土筆を摘んだ電車山や線路ぎわの土手は失せて、歩道の境にわずかに草があった。生家の隣にあったという「龍力」という酒造元のビルには五分ほどで着いた。そこは、生家はもちろん、向かいにあった駄菓子屋も更地になっていた。踏切に立って見回すと、どの道にも人影はなくて、リードをひきずった犬が一匹、濃い影をおとして歩いていた。静かな町だった。

小ぶりの黄蝶がもつれ翔ぶ道を、先ずは一ばん近い教興寺、次に了源寺、善導寺とめぐった。どの寺にも人の気配はなく、縁起書きをいただこうにも守人も留守であった。善導寺の掲示板にはカラー刷りの蓮の写真に「第一土曜仏教講座」とあり、そのとなりには「朝には紅顔ありて」のポスターが貼ってあった。

私は仏教には、じつに疎かった。お東もお西もわからない。そして気づいた。森家は浄土真宗だが、といっても十派あるというではないか。ままよ、と私は歩き出す。祖母はまは、ご縁日とあれば幼い孫の手を引いたはずだ。ともかくそのイメージを求めて、網干の寺巡りをはたそう。

それにしても、澄雄の生地は社と寺の多いところだった。ほんの三十分ほどで、斑鳩寺《いかるがでら》に着いた。二月二十二日の春会式（聖徳太子御命日）は参拝者十万を数えると、寺略縁起には書かれている。五歳の澄夫は、丈高い大人の群れのなかで、妹を守らねばと思い、祖母の歩みに遅れまいと、歩く。そんな幼い子たちを、はまは、開帳された尊像の前まで誘ったのだろうか。それとも遠くから眺めさせていたのだろうか。師に訊ねても、どのような寺であったか、の記憶はまったくないと言う。

長じて澄雄二十四歳、昭和十八年一月、久留米士官学校在籍中、年末年始の帰省より帰隊してからの「妹への葉書」に、「皆の元気な姿、殊に祖母が相変わらずなのに安心した」と、七十四歳の祖母への思いが、一枚の葉書にあふれている。その時代兵役に在っては、封書はままにならず、葉書となると紙幅も限られていた。その祖母については、復員後「僕が二十歳を越してから死んだ」の一行のほか記述はない。

父は耶蘇《やそ》母は親鸞忌の秋

ＮＨＫ俳句講座で師はときおり近況を、それは楽しく話されたが、私はそれを作家の虚構の部分、脚色味つけと捉えていた。つまり、すべてが真実とは思わなかった。たとえば脳梗塞で三か月入院し、退院後の高血圧症・高脂血症ゆえの食事制限について、

「なにも食わせてはもらえない。台所にはいると、すぐに別室に入れられる。そこは座敷牢。哀れなもんです」

講座が終えたあと、私は美しい婦人に呼び止められた。

「千田さん。座敷牢って格子がございますの？　粗末な一皿のお食事なんでございますの？」

相手のあまりにも深刻な表情に、私としては、やんわりと返したつもりだった。

「先生は、真綿にくるまれた過保護の日をお過ごしです」

以来、首相官邸近くの豪邸に住まう彼女は、半年ほど口を利いてはくれなかった。そんなある日の講座での話。

「モガ。わからない？　大正時代の流行語。モダン・ガールの略だ。君たちのご両親もモボ、モガだったのではないの？　ぼくの母はね、そのモダン・ガールで、姫路高女出身だった。着物に袴姿で自転車に乗っとったらしい。卒業論文が『有島武郎論』だった。幼稚園教諭の免許、今でいう保育の資格も持っとった」

淡々と話してはいるが、目尻に笑い皺があった。実は生徒の、柿の句の批評から「母は柿

が好きだった」と、話は逸れていったのだった。

その日、帰りの西武線の車中で、こうも語られた。「瀬川の実家の祖母は、ウツギノカタといわれるお姫様に付きそう人だった」と。そのとき師が、姫とは言わずに、お姫様と言われたのが気にかかった。表現に「お」をつけるな、といつも忠告されていたから。


森澄雄「白鳥亭日録」より。

柿の朱や暗くゐてうち熱《ほて》りをる

「渋柿がたわわに実をつけた。柿好きの故郷の母から悪性貧血で入院したとの報があった。いまのところ遠くより見守っているよりほかはない。

（略）今日、その渋柿を採り入れた。その蔕《へた》のところに焼酎をひたして二、三日おくと渋がぬけるのだそうだ。そのことを書信に書いて箱詰にして病床の母に送った。」

（「寒雷」昭和四十二年十一月号）


あれは、川崎展宏氏の文章であったと思うのだが？

澄雄が母親はまゐを手元に引き取るにあたり、終着駅東京の車中からタクシー乗り場までのかなりの道程を、痩身でありながら母親を背負われて……という、親《おや》に孝《こう》にの美談である。その掲載誌をいくら探しても見当たらない。展宏さん存命中に真偽を尋ねたことだけは、強く記憶に残っている。

「森先生が、母を背負いて、の東京駅の美談は本当のことですか？　多少のその――、創作を加えてあるとか」

「本人がそう言うとる」

と展宏氏はにやりと笑い、澄雄のアクセントで応えたのに、私は「あまりに軽き、でしょうか？ちょっと恥ずかしいな。これは森先生が話さなければ誰にも伝わらない話です」と、しどろもどろで言った。

展宏氏は「小さくかわき、痩せて枯れてしまった、と『尾崎喜八』の題で書いとったが、東京駅とは無関係」と続けた。

先日、師の息子、潮さんにも電話で訊ねた。

「祖母は多少は歩けたと思いますよ。ただ、階段ではおぶったでしょうね」

歩くことをしない父を、潮さんは階段や高い段差では車椅子を止め、くるりと背を向けてかがみこむ。一呼吸のあと、その背にゆだねるように身をおく父澄雄。その光景を見慣れていた私は納得した。

聞きほれて二度目はあはれ手毬唄

森澄雄『俳句に学ぶ』より。

「いまでも耳を澄ますと、耳の奥底に聞こえてくるのは、父の死後、長崎からひきとり、もう足が不自由になって書斎の隣の部屋に寝かせていた母親の、ひとりかすかに歌っていた手毬唄の声だ。（略）すこし呆けて少女時代に還っていたのかも知れない。

母が小さい声で歌いだすと、書斎で筆をとめてそれを聞いていた。少女に還った母がひとり無心で歌う声を聞いていると、一度目はききほれ、二度目はその歌詞とともに、人生の、そして老いのあわれが胸にしみ込む思いであった。」　（角川書店　平成十一年三月刊）

「母が亡くなったのは一月十日の朝であった。二日前、胸の激痛を訴えたが、翌日はけろっとして夜遅くまでテレビを見て楽しんでいた。翌朝母の部屋をのぞくと、もう母は冷たくなっていた。」　（「読売新聞」昭和五十三年四月一日付）

なお「口を開けて少し歪んだまま、何か言いたげな口もとが、時々痛々しい気持ちで甦える」と、「泰山のながめ」では同じような文章に、付け加えて書いている。

「杉」昭和五十三年二月号編集後記より。

・小田切輝雄記

「澄雄にとって、冬は母恋いの季であった。

冬月の靄や地つづきに母想ふ
遠に見て母の瞳とする焚火の炎
母恙なきや椎の葉に冬月夜

（略）昭和三十八年の父の死後、その想いは殊に切ない。そして二年前から、その母は澄雄と一つ屋根の下で暮らす。回想ではない本当の母がそこにあった。

青木賊《とくさ》母が寒さをくりかえす
霜菊や母に外出の一と日あり

一月十日、東京はよく晴れ、空っ風が欅の梢を吹き荒れていた。どうだんの芽が真っ赤で、紅梅も蕾をしっかと結んでいた。澄雄主宰御母堂はまゑさんは大往生された。数え八十。合掌。」

寒明けや母が使ひし銀煙管

昭和五十五年の敬老の日。森家には萩が二つ三つ咲いていた、玄関横の郵便受けに、依頼された校正刷を入れてから、近くのバス停の公衆電話からそのことを伝えると、

「いまどこ？　お萩をつくったのよ。いらっしゃいよ」

明るい声が返ってきた。アキ子夫人のご招待は、受ける人を楽しくさせる。

誘いを断る弟子はいるのか、と考えながら伺うと、大ぶりのお萩が私に三個、先生には二個出された。あっという間に食べてしまった私に「夕食はパエリアなのよ、ゆっくりできるわね」と言われるのに、さすがに遠慮もあって「見たいテレビがあるのです」と応えた。

「なによ、なんの番組なの？　言いなさい」

と、白鳥夫人ことアキ子夫人は、笑いながら肥りぎみの肩で、さらに肥っている私の肩をとんとんと押してきた。「あ、あの、ドリフターズなんです」

私にとっては、お笑い番組のドリフターズは、侘しいが簡略な娯楽の一つだった。その笑いで、勤めからくる鬱屈からのがれていたのだった。

アキ子夫人は、急に笑いをひそめ、暮れなずむ窓に目を向けた。間をおいて振り返った目元に淋しさがあった。「そう、あなたドリフターズが好きなの？」

私が知るただ一度の暗い表情であった。先に目をそらしたのはアキ子夫人だった。

後日、講座仲間で七十七歳の賢夫人に、そのときの不思議な反応を尋ねた。彼女はとても森家に詳しいのだった。

「先生のお母さま、アキ子夫人のお姑さんでございますけど、そう、亡くなられて三年ほどになられますかしら。

とてもドリフターズがお好きだったの。すぱすぱたばこを喫われながら、大声で笑ってらしたわよ。たばこがとてもお好きで、どなたか風邪をひいておられても、平然とすぱすぱ。咳きこんでる人がいようと、すぱすぱでした」

ＮＨＫ俳句講座の帰り、あれは東大寺の修復が終わった、やはり昭和五十五年の晩秋だった。師は、私と岡茂子さんを大泉学園の駅裏にあるラーメン屋へと誘った。大きなどんぶりに具の多い湯麵《たんめん》で、「これにかぎる」と言う。そして、黒いちょっと見には高価そうな時計を見せ、「昨日パチンコでとった」と自慢したあと、続けた。

「スロット・マシンって知ってるか？　おふくろはおやじの稼いだ金を持って出て、毎日使いはたしていた」

球が桜んぼより大きめのパチンコの前身で、辞書には自動賭博機とある。

「八人もの子を産んで、そのうち一人には先立たれたが、七人育てた。末っ子が二歳のとき、原爆だ。被爆のうえ家も失った。娘ざかりの長女の貞子が、原爆症で髪が抜けていく。そのうえ貧乏。そんななかで、おやじは働く気力を失ったが、おふくろはすさまじかった。やることがどこかおかしいんだが、どこか可愛いいもんがあった。耶蘇の父にモガの母よ」

病む前の師六十一歳の麺のすすり方は、豪快でちょいと鯔背《いなせ》でもあり、意外であった。私はというと、湯気に弱かった。気圧によるアレルギーで、咳きこんでいた。

「おふくろの死んだ年、年賀はがきの一等が当たり、読売文学賞もとびこんできた。おふくろが厄払いをしたんだ」

「おやじは養子だった過去もあって、おふくろの両親を長崎に呼んで、あとあと面倒をみたんだ」

「一歳の妹涼子が死んだとき、祖母、はまは坊さんを呼び、五島の祖母は神父をつれてきた。それがせまい廊下で向きあった。祖母は、迷っちゃいかん！　迷っちゃいかん！　と叫び、母は急に大声で泣き声をあげた。貞子は追い返された神父さんに、同情しおった」

「僕が小学校のころ、おやじの提唱で、家族俳句をよくやったんだ。おふくろの句をおぼえとるよ。〈あぢさゐのかくしおほせる手水鉢《てうづばち》〉だったかな」

母親の話は続くが、咳で聞きのがしたところもある。

ふるさとは播磨の海邊櫻鯛

師のふるさと、幼い日祖母はまに導かれて登った、広い寺領をもつ朝日山の大日寺、西信寺（ここが生家にいちばん近い浄土真宗であった）と巡り、常行寺を観てから大覚寺に向かった。甍をこえる木はなく、芝はまだ萌えてはいなかった。立札に「南敷石修理の為、駐車ご遠慮下さい。無断駐車の方は料金を請求致します」とあった。

　揖保川の下流中川を渡って、龍門寺に向かった。潮の香があった。網干の駅で懐かしいと感じたのは、これだったのだ。見応えのある龍門寺ではあったが臨済宗であった。

　門前でタクシーに出会い「見性寺と浄運寺を見たい」と告げた。角刈りでごま塩頭の運転手は「法然さんの室君の碑がありますよ」と言い、「はあ」と眠そうに応える私に「……室津の遊女で木曽義仲の側妾の友君の……」と続けていた。「女人往生」という言葉をうつつに、私は睡魔に襲われた。

　急ブレーキで目覚めた。左車窓すれすれに松や広葉樹が流れ過ぎ、登るにつれて群青の海が現れはじめた。こんな優しい海もあるのか。私の育った函館の海は、凪いだ日でも、底に険しいものを秘めていた。なにより違うのは、緑の島を浮かべていた。

　車を降りた瞬間、湿った潮風が頬をなぶった。潮風は胸の奥まですんなりと入ってきた。汚れのない五月の陽光が、浄運寺の城門風の山門に降りそそいでいた。

「はまゑの、ふるさと」と呟き、深呼吸をして息を整えてから、石段を昇った。やわらかな緑に囲まれた印塔や墓の群れが、海側にかたまって見えてきた。

辛夷《こぶし》咲いて我の生まるるまへの母

4　少年期

澄雄が幼かったころの夏に、家族で逗留したという長崎県小浜温泉。その湯治場風の宿を前にした家族写真を、私はこの数日折りにふれ見つめている。平成十五年、姫路文学館発行の『森澄雄の世界』に載ったもので、横書きの解説に、

「6〜7歳のころか。澄雄の実家は長崎で原爆にあっているため、現存する澄雄の少年時代の写真は今回発見されたこの1枚のみである。（略）となりは弟雅彦か。うしろの旅館の2階に両親らしき人物が立っている。」

とある。しかし雅彦はどう見ても三歳児、すると澄夫（本名）は学齢に達している。写真の人物のうちカメラに目線をおいているのは澄夫のみで、雅彦は右を向き、父は遠景を望み母は夫に寄り添って、同じ風景を目にしている。

澄夫はふっくらとした顔立ちだが足は細い。直立し、きまじめに左手を体にそってのばし、右手は雅彦の肩においている。兄弟ともに宿の大人用の下駄をはいているが、半分にみたな

い足のちいさだ。

着ているものは、両親は宿ゆかた、兄弟は丈の短いズボンのスーツ姿だ。

「みんな着物にちゃんちゃんこの時代に、僕はオーダー・メイドの百円の洋服に革靴をはいとった」

師から私はいくどもその話を聞かされた。

「ツイードの半ズボン。背広の上下ですね？」

確認のための質問なのだが、師はすいと横を向く。私はせっかくの機嫌を損ねたとうつむき、そこで話はとだえてしまう。おおかたは潮さんが話を継いでくれる。

「お父さんは、妹と弟にドリルを作られたのですよね」

笑顔をとりもどして、「飽きないように研究した」とおっしゃる。その日の聞き手は潮さんと、結婚したばかりの潮夫人の万里さんと私で、ともかく、この昔を知らない女性二人の前では、昔ばなしが繰り返されるのであった。


川崎展宏「森澄雄の二十代作品」より。

「森澄雄は、大正八年二月二十八日生まれである。早生まれは、小学校入学のとき、半年、一年と違う者達の間に置かれる。当たるか当たらぬかは別として、特に、二月、三月の早生まれには、老成とあどけなさの混在した人物が多いようである。さらに、澄雄は、小学校入学の前、両親が長崎に移住して、一年ばかり兵庫県網干の祖父母の膝下から姫路の幼稚園に通ったという。当時として、これはなかなかハイカラなことだ。それは、ともかく、澄雄には、風邪を引くと怒鳴りながら口を開けて夫人に薬を飲ませてもらうようなところもあって、だからというのではないが、いまでも駄々児の一面があるのは事実である。」

（「俳句研究」昭和四十八年六月号）

森澄夫　兵庫県揖保郡旭陽村高田三百六十七番地
戸主瀬川亀吉孫入籍　母森はまゑ届出
大正八年二月二十八日出生

森澄雄「句碑のしをり」より。

つくしんぼはうしこと呼ぶふるさとは

「網干を訪ねたところ、筋向いの駄菓子屋のおばあさんが『澄夫さんの生まれたのはそこだよ』と教えてくれた。記憶の糸を手繰ると、家の後方に『電車山』という電車の走る丘があったこと、そこでヒデコさんという鉄道員の家の女の子と土筆を摘んだこと、傍の清流で鮒を掬ったことなどが思い出される。」

（「杉」平成十二年九月号）

ＮＨＫ俳句講座で、師がヒデコさんの話をされたことがあった。土筆の句の評をしていて脱線したのであった。なぜ男の子と遊ばなかったか、それはガキ大将が蛙や蚯蚓を頭にのせたり、襟首から背中に投げ入れたりするからであった。みんなこうして逞しく育つのだが、師は穏やかな遊びの方を選んだ、と言う。

「姫路では土筆をほうしこ、と言うんです。胞子からきてるんですな。ヒデコさんは、こう、ぺたんと女の子座りをして、草に坐って、ながいことぼくと遊んだ。そのときのお尻に伝わってきた草の湿りを、今でも想い出しますね」

満面笑顔で話されるので、後の席から声がかかった。

「ヒデコさんの現在をお話しくださーい」

「さあ、会いたいもんですなあ。京都にいるらしいが。さて、星野立子の句に〈まま事の飯もおさいも土筆かな〉があります。では次の句」

また、ある日は幼いころの記憶として、生徒たちに右眉の端を指さして「おやじに部屋の隅まで投げられて柱でついた傷だ。口下手の父は手のほうが早かった」と言った。甘えたいときは、機嫌のよいときをねらった、とも。

長崎の目刺目刺の少年期

大正十四年四月、朝日尋常高等小学校尋常科に入学。学校は稲佐山麓の百七段の石段を登った上にあった。学校を嫌い、担任の先生のむかえにも、家の前の鉄柵にしがみついての抵抗。泣く泣くの登校であったという。

山本健吉との対談で、健吉がキリスト系の幼稚園へ通っていたころ、市立の幼稚園と、たえず喧嘩をしていた。ところが向こうから「ヤソくろ十文字」と言われると、「青菜に塩で、へなへなっとなっちゃうんだ」を受けて。

「森＝僕も小学校のときからありましたね。自分は、親父が信者だとは知らないんですよ。なのにヤソ、ヤソと言われる。どこかでわかっているんだろうけれどね。なんかこう悔しいのと、いま言われるように青菜に塩のような感じだったですね。」

（「故郷と俳句」、「俳句」昭和六十三年八月号）

六年の学年成績は、修身、国語、算数、国史、地理、理科、図画、唱歌、体操、操行は甲。手工のみ乙。

六年の身体検査表における発育の項には、身長一二七センチ（平均は一四四センチ）体重

二四、四キログラム（平均は三十八、九キログラム）胸囲六一センチ（平均は七一、三センチ）とあり、概評は丙。栄養は乙。背柱は正。視力は左〇、三。右〇、二。眼疾、ナシ。聴力、良。耳疾、ナシ。歯牙、ウシ（むし歯）ナシ。

子の頃

耶蘇なりし父に従ふクリスマス

折節の、潮夫人の万里さんと私を相手にした師の昔ばなしは、その場で書き取らずに、帰宅してからノートに写した。時には聞きながら机の下で走り書きをした。今見るとじつに乱暴な文字である。なにしろ話を聞き漏らすまいと必死な形相で、師にうなずきながらのメモであった。

以下、メモ小学校編。順不同。？は意味不明。

・コセド？に毎年避暑に行った。土曜日ごとに父がきて、日曜日にかえった。

・正月の用意は二十八日に、技工台に花を活け、二十九日？に正月飾りをした。（通常は二十九日は避ける）

・正月は、中村不折の扁額を掛け、昆布と干柿、するめを切って、母と貞子が屠蘇を注いでまわった。

・普段の菓子は「菓子管理棚」に保管し、母がその鍵を持っていた。岩おこし、粟おこし、チョコレート、せんべい、ラムネなどで、正月と祝日にはケーキがだされた。
・居候（書生）三名。今で言うお手伝いさん二人。技工士に代診、看護婦を含めての大所帯。こどもたちは「お嬢様」「おぼっちゃま」とよばれた。
・きれいなお手伝いさんを書生が好きになって、自殺しそこねたので、引きとって？もらった。
・レコードに君が代、教育勅語があった。それは、手まわしの蓄音機でかけられていた。なかでも次の一部は、根強く記憶にある、と。

爾臣民父母ニ孝ニ兄弟ニ友ニ夫婦相和シ朋友相信シ恭倹己レヲ持シ博愛衆ニ及ホシ学ヲ修メ業ヲ習ヒ以テ智能ヲ啓発シ徳器ヲ成就シ……。

・時折、家族俳句会がひらかれた。

長崎をかこめる山や盆の月　冬比古
夏草に浮き立ち見ゆる地蔵かな　はまゑ
煙突のもくもくいずる黒けむりかな　澄夫

・句会のとき「貞子駄菓子でも買うてくれ」と。

この項以下空白。（妹貞子も句会に出席していたはずなので、句会用の茶菓？）
・五、六年の担任の松尾寿満先生は、俳人で綴り方や短歌の指導をしてくれた。授業も『ラムラム王』という奇想天外な物語などを朗読する、楽しい時間をくださった。

玉城徹　対談「短歌性・俳句性」より。

玉城氏が中学校一年で『冬の日』を読みはじめた、の話に応えて、

「森＝実はぼくも小学校の頃なんですけどね、小学六年で修学旅行をやる。これはあとで文集をつくるということで、担任の先生が『おまえ短歌をつくれ』ということで、短歌をつくって文集に載せたわけですよ。いまでも一つ覚えているのは〈飴屋さん　鳴らす太鼓の　面白し　子供聞きつけ　走り集る〉こんな子供らしい歌が最初で、あとはつくったことはないんです。」

（「短歌現代」昭和五十七年十月号）


昭和六年三月小学校卒業。その卒業写真の三列目に、小柄な澄夫がまるい眼鏡をかけて立っている。前列の同年の少年たちと比べると、川崎展宏氏のいうとおり「老成とあどけなさ」の混在した雰囲気に、繊細と孤愁が加味されている。たしかに弱そうな子である。三年のとき腸チフスに感染、三か月休学した。その間「少年倶楽部」などの月刊誌から「小学生全集」

を読みふけった、と言う。祖母育ちの甘やかしの影響を引きずっている感もある。

春潮のきらめく鶴の港かな

同四月長崎県立瓊浦《けいほ》中学校へ入学。

森澄雄「ある回想」より。

「僕たちK中学は、鶴の港、あるいは瓊《たま》の浦と呼ばれる美しい港の、そのいちばん奥のところに注ぐ浦上川を見下ろす高台にあった。七月の初め、学期末試験が終ると、夏休みと同時に始まる県の運動大会に備えて応援歌の練習に入る。放課後五年生の命令で、一、二、三、四年全員が運動場に整列する。先生は一切関与しない。応援団長の指揮で一斉に歌いだす。手を振り、あるいは両脚をふんばって両手を後手に組み胸を張る。（略）五年生の主だった者が下級生の列を見て廻る。叱咤が飛び時にビンタが飛ぶ。この行事は下級生にはかなり怖かった。シブシブ運動場に整列するが、いつかまともに照りつける太陽とともに歌は次第に熱気を帯びて高潮してくる。いまもあの時の白っぽい焼けつく太陽と汗の印象とともに、歌のきれぎれが浮かんでくる。（略）『風蕭々と　易水の　流れは寒し　月高し』の壮重な出陣歌のリズムは、多少の悲傷な感銘を添えて少年の胸を締めつける。」

（豊島高校機関誌「田園」昭和三十九年三月発行）

森澄夫　長崎西高等学校（旧瓊浦中學校）記録事項

①性行調査

性質→温良　　才幹→アリ　　言語→明晰

挙動→質朴　　長所→真面目　短所→認メズ

思想趣味→和歌を好む1年　穏健着実3年

　　　　　穏健登山4年　　漢書5年

将来志望→医者1年　　高等学校進学3年

運動遊戯→特技ナシ

②家庭調査

友人→橋本克巳1年　時に吉村信之と交遊す4年

勉学→一時間半1年　普通4年　勤勉5年

嗜好→蹴球・登山1年

外出を嫌う5年

その他→家にては弟妹の世話をよくなす4年

〈注〉そのとき弟妹は三名いた。

③成績

1年 ①65／210 ②80／210 ③58／194

2年 ①85／199 ②94／195 ③84／184

3年 ①33／186 ②45／176 ③45／179

4年 ①44／158 ②51／157 ③43／150

5年 ①20／147 ②15／146 ③16／148

④欠席

1年 10 忌引7 2年 1 3年 12

4年 6 5年 9

⑤身体状況

1年 130・6（身長） 27・6（体重） 64（胸囲） 乙

2年 135・0 27・3 63 丙

3年 141・9 32・8 66 丙

4年 150・5 39・8 71 丙

5年 157・1 43・7 75 乙

（長崎県立長崎西高等学校 教務 山添和夫 記録）

師から「人間、森澄雄を書かんか」と言われたのは、平成五年の「杉」に私が書いた〈「句集の現在」眞鍋呉夫の『雪女』〉を読まれたあとだった。「むりです」と即座に応えたのは本心からだった。なぜなら、前「杉」編集長榎本好宏さんの『森澄雄とともに』や脇村禎徳さんの『森澄雄』など師弟の長い歴史から得た、阿吽の呼吸の著書がすでにあったからだ。人間、森澄雄と言われても、師との年月は私の場合は浅い。

師は無言でかるく首を振られた。けれども時折にアキ子夫人が集められていた資料の整理を手伝ううちに、少しずつ「人間を描くのなら、輪郭くらいは」と、書く気持ちに近づいていった。しかし、なにを質問したらよいのかすら解らなかった。そこで会社の休日は俳句文学館に、関連資料を集めに通うことにした。それに目処がついたら、師の人生のたどった場所を尋ねることにしようと、かなり曖昧な出発であった。

長崎は港に音す花樗

長崎を訪れたのは平成六年の初夏であった。師の書かれた、すこぶる抽象的な手書きの地図と、大判の長崎市の地図をもち、タクシーで朝日小学校で降りた。百七段の階段の前であった。登校を嫌う澄夫の一番の理由が、この登りだったというが、ごく平凡な石段で、夏草の繋りが所々にあった。門扉の向こうは校庭で、下段から見上げると果てしない空だった。港町特有の海の青を反映した藍であった。

次にタクシーで、長崎県立瓊浦中学校に向かった。「ここは遅刻坂といわれています」と言って運転手さんが停めたのは、なぎ倒された木々と焼けた立木のモノクローム写真と、横書きの文章を綴った案内の金属板の前だった。文は、

「爆心地から南西約八〇〇メートルのこの地にあった長崎県立瓊浦中学校は、一九四五年八月九日、午前十一時二分に炸裂した原子爆弾により木造二階建ての本館、別館校舎が倒壊、平屋建ての新築校舎が全壊・全焼した。

その日学校には教職員十人、助手・用務員等十一人、計六十人がいたが、生き残ったのはわずか数人であった。

二年以上の学年は学徒報国隊として出勤。一年生は午前十時に試験を終え、一部のものを除いて帰宅しており、それぞれの場所で被爆した。同校の罹災死亡者について（略）四百五人の被害であったと推定される。」

私は校庭の隅に立った。いつか日は陰っていて、広い校庭には影ひとつなかった。あっけないほどの乾いた黄褐色の大地だった。焼かれた楠の木々は、被爆に耐え、今は校舎をこえ

る繁りを見せてグラウンドを囲んでいた。その下に刷いたほどの影が見えるが、鳥影さえなかった。

一陣の風が浦上川から斜面をのぼって吹き上げてきた。地表をめくるように砂埃が、校庭を渡ってきた。一歩身を引いた。

なにもない。もちろん森少年たちの「ガンバレ　ガンバレ　健男児瓊浦の健児よ」などの声も、五年生の命令で恐怖で踏ん張った足跡も、その汗も涙も、ましてその幻影など望むべもない。その土地土地に地霊があるとすれば、地霊さえ絶えた乾いた風景だった。その斥力に押し返されるように、私は深く一礼して校庭をでた。

瓊浦中学校の被爆した楠の木の写真だけで、地獄の一端を知った私は、遅刻坂を下りながら、かつて復員兵森澄夫が長崎に降り立った、その刹那を考えていた。

原爆投下の十日後、ボルネオのジェスルトン捕虜収容所で、森少尉はアメリカ兵から「Nagasaki　finish」と告げられていた。その瞬間覚悟はしたと思う。だが、爆心地近い我が家まで一面の焼け野原が続いていた。その廃墟を家族を捜し求めて歩いた。敗戦後中尉に昇格した敗兵森澄夫は、胸ポケットに引揚証明書を、その背に引揚援護局大竹出張所からの乾パン三日分、煙草、握飯壱食などを負うていた。

いくさよりながらへたりし筆生姜

長崎の旅からもどった私は、森家を訪問して報告した。

「先生、瓊浦中学校は今はありません。現在は、西高校となりました。その足で原爆資料館は行きましたが、長崎に復員されたときの先生の心情を想うと、もうグラバー園へ行ったり観光をしたり、する気にはなれませんでした。展宏さんの文章に、乾パン三日分をもらって長崎に向かった、とありましたね」

きりっと師澄雄は真横を向いた。その一瞬、異様に目が光るのを見た。あれは憤怒の目だったと今も思っている。

5　長崎高商時代

寒林をゆけどゆけど……　　杜　純夫

昭和十一年　十七歳　瓊浦中学校卒業。

森澄雄「人生の機関車」より。

佐賀高等学校理科を受験するが、不合格であった。続けて翌年も父のすすめで、第五高等学校理科を受験するが、やはり不合格であった。

「もともと俺は文科を望んでゐた。五年の時も浪人の時も理科に受験手続きをしてから、文科に行きたい事を主張して君（親友吉村信之氏）の前で父と口論した事は君も忘れはしまい。（略）

しかしいつも口論の末父はやさしく好きなやうに文科に行くがいいと言つて呉れた。だが、意思の弱い俺は理科をうけてすべつた。」

（「漣」昭和十五年一月号）

「日常存問の世界」対談　上田三四二より。

「森＝親父は、僕が医者になることを望んだけど、色弱があって高等学校の理科を受けても、すぐ落とされるんですよ。学問もできなかったけども。弟が医者になって外科やってるんですが、ぼくはカロッサを青春時代読んだ。

上田＝ああ、ぼくも読みましたねえ。

森＝『医師ギオン』だとかね。

上田＝今、カロッサなんて読む人いないもんなあ（笑）。

森＝それでもやっぱり医者にも多少ひかれて、『ああ、医者になるならカロッサみたいになりたいなあ』と。」

（「俳句研究」昭和六十二年一月号）

昭和十二年、十八歳　長崎高等商業学校入学。

気弱になった父貞雄と妥協の上だった。この長崎高商は、外語教育に重点をおき、多くの逸材を輩出している。

森澄雄を囲んでの放談「僕らの俳句と森澄雄」より。

「僕のことを言うとね、小学校の時、俳句の好きな先生がいたし、家庭でも親父やおふくろが作っていたという環境はあったけれども、その頃はそれほど文学が好きだという気持ちはなかったんですよ。長崎高商に入って、どうしてもクラブに入らなならんという時に、運動も出来ないし、他に誘われんように俳句部（緑風俳句会）に入ったということでした。実はその頃から哲学書ばかり読んでいたわけですよ。（略）小説も志賀直哉だとか、瀧井孝作、（略）カロッサとかヘッセのような叙情性のある文学に魅かれてて、俳句というものは、まだ趣味的範囲だったわけですよ。」

（「杉」昭和五十二年五月号）

『俳句のゆたかさ』対談　横川端より。

横川端氏との対談で、「お父様（森貞雄）からの具体的な俳句の指導を受けたことはあるんですか」の質問に、

「森＝ない、ないんです。ぼくが俳句を作ったら、文学なんかやったら駄目だと怒られました。たとえば長崎高商のころに、谷崎潤一郎の『源氏物語』が出たので、買ってきた。そうしたら親父が怒って返してこいと。（笑）

横川＝こんな悪いもの読んじゃいかんというわけね。

森＝おれは泣きながら返しに行ってね。それからは、いっさい文学の本は読んじゃいかん。文学じゃ食えんぞ、と。

横川＝そうでしょうね。分かります。（笑）本業を持ったうえで、おやんなさいということでしょうけどね。」

（朝日新聞社　平成十年七月刊）

寒林をゆけどゆけど我を疑はず

その日の私の記憶といえば、校門を過ぎると林に分け入ったような肌の感覚と、同人雑誌「扶揺」の、戦前の粗雑な紙の手触りだけで、細部は模糊としている。

夏木立の間の道を車はゆっくりと走っていた。

平成十一年五月、一行は師の母校、長崎高等商業学校（現長崎大学）の研究館に向かっていた。運転は息子の潮さんと万里夫人が交代するので前方席。その背後のチャイルドシートでは孫の真人くん六か月が眠っていた。その隣に、固定された車椅子に坐った八十歳の師。その後ろのはなはだ展望の悪い席に、私が坐っていた。

「潮さん、上のガラスの天窓を開けて下さる」

「はいはい、サンルーフね」

開かれると、新緑の天蓋だった。研究館の赤煉瓦の旧い洋館は二階をこす大樹に囲まれていた。広大な校庭の、芝生近くに停めた車中に、よく眠る真人くんを寝せたまま、そーっと受付に向かった。草いきれにみちた校庭に、人影はまったくなく、潮騒に似た葉ずれの音と、風には楠の香りがあった。

そして別館の図書館で、原爆で失われたと思いこんでいた「扶搖」八十号〜八十三号を日にしたのだ。その雑誌は、昭和十三年七月から十五年二月までの、師が在学中の雑誌部発行の同人誌で、そこに十九歳の澄雄が「裸婦圖」五句を、二十歳の日は「貧民窟《スラム》の子」と「麥の秋」を、二十一歳の日には「心象の章」を発表していたのだ。

森澄雄「雪櫟以前」より。

「『扶搖』に、多分十句ほど連作風の作品として発表したはずだ。それらのすべてを忘失している。（略）その十句の中にもう一句——寒林をゆけどゆけど——という切れはしを思い出したが、どうしてもその上が思いだせない。一体何だったのだろう。」

（「麒麟」昭和四十九年三月創刊号）

幻だった「扶搖」の出現を前に、師がどんな表情をなさったかは、見逝してしまった。私と潮さんはかなり興奮していた。万里さんは真人くんを案じて、早々に車に戻っていた。気づくと師は一人部屋の片隅で、窓外の緑の背景に溶け込むように車椅子に掛けていた。潮さんと私は特別許可をもらい、雑誌を手に師に近づいた。

「お父さん、『扶搖』です。〈寒林をゆけどゆけどは〉下五に〈我を疑はず〉で載っていますよ」

うなずく師の薄くなった白髪に、潮さんが入れた櫛の目がきれいにはいっていた。潮さんの行動はすばやかった。「コピーを頼んできます」。その言葉にかるくうなずくと、師はすぐに顔をそらした。色素の薄くなった左目が、わずかに潤んでいるのを見た私は、背を向け、展示品の写真を撮りはじめた。レンズ・キャップをはずし忘れたままで。

星加輝光「長崎時代の森澄雄」より。

「その頃のナガサキの繁華街浜の町には『空にや今日もアドバルーン』なる歌が流れていた。鈴蘭燈のきらめく通りを歩きくたびれると、若干の好奇心を燃やして思案橋を抜け、丸山遊郭の石だたみの道を登つて行き、おそるおそる家の中をうかがつたり、あるいは興福寺・禅林寺などが甍を連ねている寺町の葉桜の匂いをかいだり、または映画館のエクランのジャン・ギャバンやダニエル・ダリューにうつつをぬかしたりしていた。（略）ところが、エクランもしだいに外国映画の甘さの上に、ニュース映画の機銃音がかぶさつてきた。すでに、十二年七月には蘆構橋の事件が起こつていた。

いま、手許にある『扶揺』（昭和十三年七月）には、緑風会同人集として、〈舗道灼けて体臭の中に兵征けり　桜井日佐志〉などの作が見えている。森は逝秋と号して連作を寄せている。

裸婦圖

森　逝秋

春灯の裸像にふれて蛾のありぬ
春宵の裸像の妖気《ほむら》吾をつつむ
まぶしくも裸婦の乳房は春の灯に
春灯《はるひ》にすがる裸婦怖ろしと見たりけり
春宵や闇に裸婦圖の消えやらず

この作は、長崎で伝統のある喫茶店『銀嶺』あたりで、ゴヤのマハ像を見た時の感動から生れたものであろう。（略）もともと緑風俳句会というのは、高商で商用文の講座を受け持つていた早大出身の野崎辰巳（比古）教授（略）の下に若い同人たちは、のびのびと自らの句を展開させた。森はつねに句帳を持ち、鉛筆で句をしたためつつなんども添削し、講評の時には、厚い眼鏡の底から黒く輝く眸を光らせて、心もち口を尖らせながら句を品隲していた。」

「森をふくむ私たち同人七名は、『漣』という同人誌を出した。『漣』は2号でつぶれたが、森はいずれにも出句し、（略）また、長崎馬酔木会にも出席した。下村ひろしや、赤司里鵜、早水ふみを各氏の居ならぶ席に、学生服の私等はおずおずと参加したが、予想どおり互選点数はほとんど入らなかつた。帰りには森の『ちえつ、あんまり大した句はないと思うんだがな』といつたセリフをききながら、眼鏡橋を渡つて石だたみの道をひき上げるのを常とした。」

「高商三年で最後の年、十四年初夏である。(略)人間探求派と称せられはじめた『馬酔木』の俊英加藤楸邨の処女句集『寒雷』が、肉筆署名入りで申込者に配本された。白地に細かい黒色の筋の入つたこの句集を、森は掌でなんどもなでているかに見えた。のち彼自身が俳誌『寒雷』の編集者になり、流麗な『白鳥亭日録』を連載するようになろうとは、予知できる筈はなかつた。しかし掌中の一冊のその本は、たんに書物の重さに止らず、森自らの将来の『運命』そのものの重さも加え持つていた。

『扶搖』に島尾敏雄は『カラマゾフの兄弟』についてのエッセイを発表、誌上では常に顔を合わせていたが、小説と俳句グループの交流はなかつた。」

「昭和十四年、私が最後に編集した『扶搖』には、森影という号で、次の作品が発表されている。

麦刈の巨き麦《むぎ》藁《わら》帽を風煽る　森　影

灼くる麥を刈りては雲に積み上ぐる

夕闇になほ灼くる麥を刈りいそぐ
刈麥をあるはリヤカーに積み歸る
麥熟れぬ吾が汽車は貨車の多き汽車

これは長崎県北松浦郡に遊んだ森の作品と思われる。当時上映されたキング・ヴィダーの『麥秋』という映画に登場する健康な農夫の生活に心を寄せ、いわゆる暗い谷間の時期に自己回復をめざそうとする彼の姿勢が見てとれる。傷つきやすい魂たちは、時代の嵐の底で、ひたむきに自己を旅によつて凝視しようとしていた。」

（「杉」昭和四十七年九月号）

父をさげすみ我も嘆かるゝ寒没日　森　純夫

昭和十五年、その頃には戦争はいよいよ深みにはまり、日米開戦の逼迫した暗い状況であった。そんな中での、朝鮮銀行への就職が決定した。

森澄雄「人生の機関車」より。

「就職が決定してから一ヶ月といふものは、ゆく先の事とか過去の事がまるで走馬燈のやうに去来して混沌たる月日を過ごした。実際就職といふ事は身を売つたつて感じだつた。

おかしい程切実だつた。自棄的な行状は父母をひどく心配させた。夜もねられぬ夜が多くて、父母が心配することは百も知りながら、高歌放吟したり、〝もうだまされぬぞ〟などと大きな声で心にもあらぬことを叫んだりした。父母はひどく心配しておどおどしていたけれども、（略）

いまは大学への憧憬をすてて朝鮮へゆかねばならぬ。銀行で朝から晩まで算盤をはじかねばならぬかと思ふとたまらない淋しさと自己嫌悪を感ずる。

俺は生まれながらにして長男という宿命を負つて生まれた。兄弟五人の前途まで双肩に荷なはせられている。そしてこの宿命が就職させたのだ。」

（「漣」昭和十五年一月）

森澄雄「加藤楸邨の一句」より。

十二月都塵外套をまきのぼる

加藤楸邨

「加藤楸邨先生の第一句集『寒雷』は、（略）僕のボルネオ出征中、原爆のとき大部分の蔵書が灰燼に帰した中で、僅かに父母が持ち出してくれたものの一つだ。書物自体にも、いってみれば青春の遺品《かたみ》のような愛惜がある。

句集『寒雷』が出版されたのは昭和十四年、当時僕は長崎高商の三年であった。（略）

緑風会に属し、時々その仲間と勢い余って町の句会にも顔を出していた。「棕櫚」主宰の下村ひろし氏の指導する句会では、当月の句稿を、人間探求派として漸く盛名の高かった楸邨先生に送り、次の句会までに○や✓などの朱印と短評をつけて送り返して貰うしきたりになっていた。句集『寒雷』もこの会の斡旋で手に入れたもので、（略）

さて、父母の膝下にあって学生生活には何不自由なかったが、また僕にも別個の人生がはじまっていた。漸く急迫を告げる時代の暗雲のもと、卒業後の方途を定める問題とともに『人生とは何か』『愛とは何ぞや』という、いま考えれば幼稚だが、解決のつかない真剣な自問がはじまっていた。西田哲学の耽読がはじまったのもこの頃だが、そうした暗い自問をかかえて街を彷徨したのも、この頃であった。入学当時五十三キロあった体重も四十三キロに減っていた。そうした彷徨の中で、右の『十二月』の一句は、自ら象徴として強く灼きついたのである。

句集『寒雷』は文学と哲学の二重の役目を果たした僕の青春の貴重な一冊である。

——冬の日の海に没る音をきかんとす——の発想は、そうした青春の状況において、『十二月』の句からそう距たってはいない。」

（「俳句研究」昭和四十七年十一月号）

森澄雄「背景をゆたかに」より。

「冬の日の海に没るおとを聞かんとす

―將來について父といさかひしその夜―

森　純夫

十九歳か二十歳です。その頃はもう戦時中ですから、自分の運命というものが重くのしかかっているしね、自分は将来どうしたらいいか、文科に進みたいが親父が許してくれない。（略）そして毎晩寝られない。その中で、まだ眠っていないのに一種の風景が現れてくる。枯々とした林の中を自分が歩いている。そこを通り抜けると向こうに海があって、いま夕日が入っていく。」

（「杉」昭和四十九年十二月号）

平成十一年二月二十八日。その日は「白鳥亭俳句会」と師の八十歳の誕生会をかねていた。師は別室でリハビリを受けておられたと記憶する。

8のかたちと0のかたちの赤い蠟燭を手に、「これならお父さままでも、一度に消せますね」と万里夫人が、微笑しながらケーキに添えていた。

その時、その絵は磁力でもあるかのように、私を捉えたのだった。絵は、仏壇と師のベッドの間のテーブル（師専用）の上に、お鈴《りん》、投句のはがきの束、ルーペ、ドロップの缶、飲みかけのストローが差されたままの午後の紅茶のコップ、ティッシュ・ペーパーの箱などの間に、なにげなく置かれてあった。

「あ、海に没る音」

私の叫びに対して「そうですよ」と、潮さんは語尾をあげて応えた。

その絵にムンクの「叫び」を連想したのは、その配色のせいだったかもしれない。ともかく不思議な絵だった。日の入りなのに、夕映えはなく、群青の天空に星々がまたたき、水平線ちかくは水色なのだ。画面三分の二を占める海は、朱色とサンイエローで波立ちを表現している。その中に、頼りなく漂う舟。右端に虚脱した姿で佇む黒い人物。白色の太陽は今、朱色の海に接する瞬間だ。葉書ほどの大きさなのに、そこから海が拡がってきた。

潮さんと並んで絵を眺めた。

「いい絵ね」

「いいでしょう」と、潮さんは響くように応えた。

その日から十四年が経った。この文章のために私は繰り返し姫路文学館発行の『森澄雄の世界』を繙いた。そしてその裏表紙に印刷されたその絵、「海に没る音」も折にふれて目にしていた。

ある日、ちょっと正直すぎる友人、画家の種川とみ子さんに、その絵をコピーして送ってみた。感想を訊ねた。

「大胆な構図と濁りのない色彩。真摯な姿勢を感じます。こころを鷲づかみされました。海のほうが大きいのもいいですね。私は好きです」

ほっとした。弟子としての依怙を考えていたから。

その本の目次解説に「裏表紙写真　澄雄が昭和四十年代に、若い頃を想って描いた油彩画」とある。そこで、昭和四十一年代の「寒雷」の、編集後記「白鳥亭日録」をさがしてみた。やはり師は書かれていた。

高校三年になった長男の潮さんに、将来の方針を早く決めるんだなあと言っておいたのが、一か月程思いあぐんだあげく、「僕、油絵をやりたいんだ」と言ってきた、と四十七歳の父親である師は書いている。そして画塾に通い始めてから一週間めに、長男は言うのだ。

森澄雄「白鳥亭日録」より。

『絵って難しいんだな。いままで好きで何気なく描いていたんだが大きな山のような感じだ』

（略）いつも内気で父親のぼくともこんな会話を交わしたこともなかったのが、目を輝かしながら、『大きな山だなア』と言う。僕にはその『大きな山』がひどく嬉しかった。」

（「寒雷」昭和四十一年八月号）

潮さんに電話を入れた。

「あの、海に没る音の絵のですね、画材は先生、あなたのを使われたのですか」

「そうです。僕のを使って……」

6　九州帝大時代　その一

チエホフを讀むやしぐるゝ河明り

昭和十五年四月、森澄夫は九州帝国大学法文学部経済科に入学。

師の父、森貞雄は息子たちを医者にさせたい願いがあった。「その望みを次男の雅彦は医学部に入学して、父母をとても喜ばせたけれども、長男の澄夫は文学が好きで、意見があわずに家出をしたりした。しかし、九州帝国大学への難関も、あまり勉強をせずに合格すると、がぜん両親は夫婦で下宿を探しに、福岡市に出掛ける喜びようだった」と、妹の貞子さんは語っている。

森澄雄「作品の底に〝促し〟を」より。

黒松の一幹迫る寒燈下

「これは九大の学生として博多で生活していたときですが、下宿の窓に黒松の林が迫っている。そしてその部屋で寒い燈をともしながら自分の青春を送っていた。しかも時代は暗い。そういうものが熱い思いでありました。この一句をつくるのにも、考えに考えて、二、三か月かかったんじゃないかと思う。」

（「杉」昭和五十年六月号）

森澄雄「歳時記よもやま話」対談　山本健吉より。

「森＝桜は何とか毎年咲いてくれますけど、時鳥っていうのはほとんど啼かなくなってますね。学生時代、博多の箱崎に下宿していたころにはよく聞きましたけれど。」

（「別冊文藝春秋」昭和五十一年六月発行）

平成十一年五月。その日、師澄雄の車椅子を押していたのは、九州帝国大学のはるか後輩で、「杉」同人でもある田代素人さん。体格のよい彼の歩幅は大きく、私と潮さんは遅れ気味だった。私たちは、箱崎六丁目の九州大学の裏門から入って構内で車を停め、「法文学部発祥之地」の石碑に向かっていた。公孫樹の青葉を背景に、それは半ば枯れかけた葎に囲まれていた。

師は笑顔であった。師は三重あたりから九州にかけての人たちに会うとき、とても優しい表情になる。歯を見せて笑うこともある。東京では孫の真人くんにだけ、相好を崩すが、おおかたは硬い表情をなさっている。

現在は使われていない、かつての法文学部は、倉田謙の設計による大正十四年竣工の鉄筋コンクリート建てで、他の学部にくらべると官庁風の厳めしい感じであった。

摩滅した石の階段を田代さんと潮さんが、師を乗せたままの車椅子を持ち上げて登った。建物の中は、廊下の天井にはむき出しの数本の配線が這い、採光もとぼしかった。ときおりは使用されている教室の、教壇の背面は三面の緑色ボードで被われていた。その黒板の前で師はふいと帽子をとり、受講席に坐った私たちに向かって微笑んだ。「生徒諸君！」そして入れ歯を見せてのご機嫌だった。

「返りの石階《せっかい》の前で、先生は車椅子から立ち上がり、自分の足で下りようとなさった」と田代さんは言う。「左半身麻痺の体は一瞬で傾き、すぐに支えた。肩を貸して抱き上げるようにして、踏みしめた一段一段だった」と。

私はというと先に下り、庭の芝生を見ていた。

「学校の芝生の上で、岩波文庫を一日平均一冊は読んどった」と先刻、師は話していたから。また「花眼雑記」の、

「僕はドストエフスキーやトルストイなどの重い思想をかかえた大作家より、これらドイツの清純な珠玉の作品、イッヒ・ロマンを書いたヘッセやカロッサを愛した。愛したし、またそれら大作家の重苦しい作品を読んだあと、その疲れを癒やすため、いつもこれらの

詩人達の泉に立ち帰り、それを口づけに飲んだといった方がよい。」の「口づけに飲んだ」若い師の姿を、芝草の上に重ねようとしていた。

急ぎつゝ煙草をともす霧の中
鰯雲の夕づくひかり燈をともす
福岡市　森　澄雄

俳誌「寒雷」（主宰加藤楸邨）が創刊されたのは、師が入学した昭和十五年の十月であった。ただちに投句し、十一月号に右の二句が「寒雷集」に掲載された。

すでに日支事変は泥沼の状態に入り、翌年には大東亜戦争を控える逼迫した時代であった。人間探求派と呼ばれていた加藤楸邨の作風は、そうした時代の中で、生きる拠り所をひたむきに追求する青年の心を惹きつけていた。

森澄雄「想い出二つ」より。

「『寒雷』には、金子兜太や沢木欣一、田川飛旅子、和知喜八などの幾多の若き俊秀がひしめき合っていた。ぼくは九州にあって、これらの作家たちを遠く羨望しながら、〈鰯雲人に告ぐべきことならず〉といった先生の作品に、自らの青春の憂鬱と抒情の解放を、いわば先生の作品はぼくにとって文学と哲学の役目を果していた。

先生（加藤楸邨）に初めてお目にかかったのは、翌十六年、（略）勇を鼓して、都立八中にお訪ねした。早速、近くの喫茶店に案内されコーヒーと焼林檎を御馳走になった。（略）どんな話を先生としたか、その時の夢のようなうわずった気持も、もうはるかな歳月の果てにかすんで何一つ覚えていないが、先生にお会いできた興奮とはじめて食べた焼林檎のうまかったことだけが、何故か鮮やかな思い出となって残っている。焼林檎の方は東京にはこんなうまいものがあるのかという田舎者のぼくの驚きであった。」

（「寒雷」昭和五十三年十月号）

昭和十六年一月号の「寒雷」には、三句が掲載。翌二月号の「寒雷」には、加藤楸邨選で巻頭一席となった。

福岡市　森　澄雄

黒松の一幹迫る寒燈下
寒松の陰陰とある木霊かな
郷愁や颱風あけし朝の汽車
大學の常盤木の冬ひき緊り

加藤楸邨「寒雷集俳句の表現」より。

「この句〈黒松の一幹迫る寒燈下〉の把握の仕方の直線的な勁さに注目したい。寒燈の下に書を読んでゐるのでもあらうか、とにかく作者の静かな目が、眼前に、大きな深い窓外の闇を見出したのである。その闇には黒松が何本も立つてゐる。何本も立つてゐることは、『一幹迫る』と言つてゐることで知ることが出来る。すなはちその中の一本が、近々と黒松の力勁い幹壓を以て迫つてくるのである。この把握は力勁くなくては、黒松らしさを失つてしまふ。この句の『一幹迫る』といふ遒勁な口調と『寒燈下』といふ緊つた名詞とが直線的にこの力を生かしてゐるのである。把握を直下に表現としたものであつて、俳句の短いための力づよさをたしかに生かしたものである。」（「寒雷」昭和十六年二月号）

また昭和十六年八月号の「寒雷」には、炎天と題した四句が掲載。楸邨氏は「森氏のひたむきな精進は、俳句に反映して、うまくいつたときは、その緊張が怒張した静脈のやうな感じを与へる」と評されている。

森澄雄「僕らの俳句と森澄雄」より。

「卒業すれば兵隊に引かれるという時代で、毎日毎日が憂鬱で、『人生いかに生くべきか』といったことばかり考えてラチがあかない、堂々めぐりのはけ口として俳句を作っていた。だから、初期の作品は多少楸邨と違う面はあるかも知れないが、ほとんど楸邨の影響を受けている時代です。」

（「杉」昭和五十二年五月号）

川上一雄氏は「森澄雄さんのこと」と題して「杉」昭和四十七年二月号に、大学当時のことを「森澄雄さんと私とは九州帝国大学の法文学部の同級生である」から始まって、かなり詳細に書かれている。

入学当時は、川上氏は「こおろ」という同人雑誌に入っていた。その中心的人物の矢山哲治と仲違いをして、「こおろ」を退会、森澄雄と急速に親密になったという。

「私が淋しがり屋ということもあったが、森の人間的暖かさと云うことが最大の因であったと思う」と書き、小説や評論の好みの一致ということもあった、とも書く。

あるとき「こんなものを書いて見たっとじゃがちっと見てくれんね」と、眼鏡の奥の眼を少しはずかしそうに微笑んで、十五枚ほどの原稿用紙を川上氏に示すのである。

森澄雄の処女作であったかも知れぬ、と川上氏は書く。惜しいことに内容は忘失したと。

そして、志賀、瀧井文学の透明なリアリズムを論じながら少し批評したと言う。

「やっぱりダチかんかなァ」と、あっさり川上氏の評言を受け止めた。「ダチかん」というのは瀧井孝作の作品に出てくる飛騨高山の方言で、「駄目」という意味。澄雄は友人たちとの会話にもよくこの言葉を使用していたという。それほど瀧井孝作に心酔していた。またその小説の主人公の名前が「信一」で、これは瀧井孝作の『無限抱擁』の主人公の名前であった。「習作だから」とちょっとはずかしそうに笑って応えた、とも書いている。

川上一雄「森澄雄さんのこと」より。

「瀧井孝作の質実素朴への好みは女性にたいする好みにもあったようである。眞鍋呉夫の父君（俳人の）眞鍋天門氏の経営する喫茶店『門』によく私たちは出入りしたが、そこにはチーちゃんとレイちゃんという二人のウエィトレスがいた。チーちゃんの方がこぢんまりした近代的な美人のようなところがちょっとあって学生仲間に人気があったようだが、森は違っていた。『オイはレイちゃんば好いとっとばい』と私に話をしたような記憶がある。レイちゃんは丸顔のどんぐりまなこと云った感じもする、大きい目の決して美人とは言えないが、田舎の言葉が丸出しの健康そうな感じの少女であった。（略）

この頃、戦時中で、死にたくもない若者が死んで行く時代で、森は文学の原動力に怒りが無くてはならないといっていた。森の俳句を読む声調は低音のような、しわがれ声のようなところもある一種の力のこもった声音で迫力があった。」（「杉」昭和四十七年二月号）

またたいて枯野の光ふつと消え　眞鍋呉夫

眞鍋呉夫氏は、私ごとになるけれども、千田の連句の師匠であり、また文芸同人誌「公園」

の指導者でもあった。（「公園」の指導者はほかに伊藤桂一、駒田信二、林富士馬の諸氏で、林先生に私は二十代から師事していた）

数ある連句会のなか、林先生の誘いをうけたのは「東京義仲寺連句会」で、月一回関口芭蕉庵でひらかれていた。

そして、当時新潮社に勤めていた、わだとしおさんと山地春眠子さん（いずれも雅号）の編集による「杏花村」という冊子を刊行していた。表紙絵は谷内六郎で、毎月かわった。そこから私たちは、「東京義仲寺連句会で」ではなくて、「杏花村で会いましょう」という具合に親しんでいた。

四部屋を使って五組ほどあった連座のなかで、私は幸運にも眞鍋先生の座に加えていただくことが多かった。その席で連衆は得がたい教えを享けた。「換骨奪胎」の意義から、折口信夫、芭蕉、和泉式部など。さらに、そのかみに佐藤春夫、檀一雄、伊東静雄などから享けたという、詩心と気魄の金言を伝授された。

檀一雄の言葉を語られたときは、「それがよし幻影であろうと、虹であろうと、過ぎてゆく長大な時間の中の必敗の戦士であれ」と、真顔の眞鍋先生はしなやかで強くやや高い声で、叙事詩を詠うような声調で話された。聞き逃したくない思いと、付け句も考えねばならず、とても焦るひと日でもあった。

喫茶店「門」は、昭和十四年眞鍋先生の母おり子によって、福岡市片土居町に「木靴」の名で開店。しかし、木靴はフランス語ではサボであることから、サボタージュ（労働者の争議行為）を連想されるとして、福岡警察署特高課から「門」と改名させられた。「こをろ」同人や、九大、福岡高校、西南学院などの学生の溜まり場であった。

昭和五十四年の秋だった。すっくと芭蕉庵の紅葉にま向かう眞鍋呉夫先生に、私は訊ねた。

「森先生は、門に通われていらしたのですね」

森澄雄二十二歳、眞鍋呉夫二十一歳の当時を知りたかったのだ。と、眞鍋先生はいつになく、渋い表情で短く答えられた。

「レイちゃんば見に来たとですたい。ちなみに島尾（敏雄）はチーちゃんが目当やったとです。」

接ぎ穂を失なって私は黙したが、次の初冬の会で、眞鍋先生は「森澄雄論」を滔々と述べられた。印象に残った言葉は、「ことに句集『雪櫟』は無類にういういしくみずみずしい」であった。「無類」は眞鍋先生の最高級評価語なのだ。「そして」と和服の膝を崩さずに続けた。

「ぼくと森君とはね、似とるごたる」

同じ九州出身。昭和二十四年練馬にぼくは「鳰の浮巣」と称する六畳一間の掘っ立て小屋を建て、森君も牛乳の配達も断られるほどの櫟林のただ中の、六畳一間の家に移り住んだ。お互い七輪を熾しての煮炊き、井戸端での濯ぎだった。森君の長男、潮くんとぼくの娘、優は、練馬高校の同級生だった。また森君の最初の句集『雪櫟』とぼくの長編『天命』は、ほぼ同じ時期に伊達得夫の書肆ユリイカから刊行している。林の中の一軒家森家を訪れたときの印象は「ひしと枯野寄る」だったとか。最後に呟かれた。

「遠いむかし　夢のごたる」

いっぽう師澄雄は「眞鍋君の家には二、三度行った。檀一雄仕込みの男の料理の腕前で、韮となにかの炒めものだった」。私の「よい味でしたでしょう?」の問いには「本格的だった」と言われた。二、三度は、多分二度であろう。師は五以下の数の表現にはうるさかった。二、三はムードだという。五以下なら瞬時にわかるはずだと。

「俳句の成熟とは」飯田龍太・金子兜太・森澄雄鼎談より。

「森＝白秋の場合は、語感も鋭いし豊かだ。ぼくら『Tonka John《トンカジョン》』なんか、若い時は楽しんで読んだね。あの魅力は何だろう。茂吉は、一人間の探求心としてよく分かるという世界を持ってるんだけれども、白秋は何かもっと膨大なもので懐かしいんだな。

飯田＝成熟のプロセスがないね、白秋は。（略）われわれ凡人はね、成熟のプロセスが生きる証なんだよ。

金子＝うまいこと言うな。

森＝その通りだよ。おれは大学時代、毎日下宿で『邪宗門』なんか読んで、陶酔しておったんだ。そして朝、横の窓を開けると、隣りのお嬢さんが、ちょっと離れたところの窓を開けて掃除をしてるんだ。そういう時におれが『結婚する気はありませんか』って言うと『いえ、別に』って言って閉めるんだな。それを毎日繰り返してるんだよ。（笑）それは白秋なんかの面白さでやっとったような気がする。」

（「俳句研究」昭和六十三年五月号）

星加輝光「長崎時代の森澄雄」より。

「九大に入つてからの彼は、川上一雄の文章に明らかだが、小説や評論の世界が彼にひらけ、とくに彼の評論にかなりの影響が見てとれる小林秀雄との近接があつたと思われる。この時代の博多での九大生の雰囲気は、庄野潤三の『前途』に明らかである。」

（「杉」昭和四十七年九月号）

森澄雄「白鳥亭日録」より。

「庄野潤三の『前途』を読んで、同じ頃、同じ箱崎に下宿して九大に学んだ自分の青春を重ねて、一寸切ない気持をふくんで、久しぶりにさわやかな感動を味わった。庄野一流の温かく静かな筆致で、昭和十七、八年頃の差し迫った時局下の青春の交流が、日記の形でむしろゆっくりと書きこまれた、これはすぐれた青春の文学である。

（略）パリの学生街羅甸区に因んで箱崎の下宿町の一劃をそう呼んだカルチェラタン譚の一つに、僕も出入りした島尾の下宿の様子がでてくる。」（「寒雷」昭和四十三年十二月号）

『前途』は昭和十七年十一月二十三日から十八年九月五日までの、日記体の小説で、島尾敏雄、林富士馬がモデルになっている。伊東静雄は伊東先生で登場。他に裸で自作の「おきうと」をギターで弾く、隣室の経済学科の学生が書かれている。彼の名は増永金一で、師澄雄とは同窓だった。その増永氏からの、平成十六年八月十五日付、森澄雄・潮様宛の手紙（なぜか句読点がない）の文面は次の通り。

「思い出と言えば今でも耳に鮮やかに残っているのは澄雄さんの口癖がその一つです

○……じよろの木や風にぢやめぇとるだで……

○あゝ麗（れい）ちゃん……

当時わたしは土居町の『木靴』という喫茶店に入り浸っていました（略）そこに八代出身のちーちゃん八重ちゃんそして麗ちゃんという従姉妹同士の三人の娘がいました私はちー

ちゃんが好きだったが澄雄さんは麗ちゃんがお好みのようでしたでも唯それだけの関係で
それ以上のものでは全くありませんが記憶だけは驚くほど鮮明です」

（以下、同窓会のだれかれの報告だった。）

翌、昭和十七年八月二十一日、日本政府は高校、大学の学年短縮案を決定し、実行した。

それによって、澄夫は九月に繰り上げ卒業となった。

芭蕉忌や松の明るさ枯れんとし

7　九州帝大時代　その二

平成十一年五月、九州大学を訪れた私たちは、校舎を見学したあと、徒歩で師の車椅子を先頭に、田代さん、潮さん、私と縦一列になって裏校門を出た。かつて師が住んだ学生相手の下宿屋を探しにである。

私の裡には、黒松の林を背景にした木造二階建て。その二階の角部屋あたり。孤独な師は「山口誓子論」を書き、川端茅舎への追悼を込め「白露一顆」を清書したというイメージがあった。だが黒松の林はどこにもないのだった。

戦火をまぬがれた、ごく普通の下町の一角、質屋を過ぎ、紅白提灯を吊したちゃんこ鍋屋のとなりの煙草屋の前で、師は「ここで煙草を買った」と言われたらしい。車椅子が停まり、四人は集まった。モルタルの二階部分の、わずかなベランダに鉢植えの赤いつるバラが咲いていた。〒マークに切手印紙の瀬戸引きの吊し看板。フィルム現像の立て看板。鉄製の屋上の古看板や手すりには錆が浮き出ていたが、煙草の自動販売機だけが、真新しかった。

下宿は見当たらないらしい。師はいつものポーカーフェイスに戻って、「地域振興券　高い文化をそだてる文具」と染められた幟を見上げていた。

「はかた」に私はあこがれていた。師が青年時代を過ごされた、ということが一番。林富士馬、眞鍋呉夫両先生からの吹き込みもある。『前途』『余は発見せり』『詩集はかた』などの本からの幻想。だが今は想像の切れ端も見当たらないのだった。がっくりと気落ちした私は、やけくそに、黒松の林も下宿もまぼろしよ、と呟き、引き返す一行に従った。

黒松を見たのは、駐車した裏門でふりかえった校庭に、手入れよく植え込まれた三本であった。そして門の際の一樹をたしかこれも黒松とみたが、発車後だったので、すぐに視界から消えた。貧弱な二、三本だったように思う。

その夕べ、中洲の川端のホテルに移行した。ベランダに出て、灯りはじめたイルミネーションの川面に映る揺れを見ながら、澄雄第一句集『雪櫟』の奥付に、発行者が伊達得夫と印刷されてあったことや、あとがきの前ページ伊達得夫筆の澄雄のスケッチ画なども想い浮かべていた。あの絵は傑作だ！　真横を向いた猫背の四頭身。くたびれた背広のポケットに両手を突っ込み、髯だらけ、隙だらけの姿。私の知らない三十四、五歳の森澄雄だ。

電話が鳴った。「すき焼きをごちそうなさるそうです」、万里さんのはずんだ声だった。吐息がでた。師はちょっと贅沢な食事の誘いの前には、かならず質問をなさる。その夜は、「庄野英二を知ってるか」だった。

ええと……頭が錯乱する。師の質問にはとっさに答は出ない。万里さんが心配そうに私を見、そしてうつむく。

「あ、『ロッテルダムの灯』で、庄野潤三のお兄さんです」

師は無表情でうなずく。知らないときは、かなり執拗に「知らんのか」から始まって、講義になる。しだいに私の食欲は落ち、肉好きの師が三枚めを食される頃には、味覚は半減し、なにを口にしているのか分からなくなる。

その夜は、それでも味は分かった。それにしても伊達得夫のスケッチ画とはなんという違いだろう。豊かな白髪。鋭い眼光。長いまゆげは翁の風情だが、半身不随の八十歳にしては肉への執着は、若夫婦や私よりもすごい。

私の「はかた」は、詩集の中にしかないのかもしれない。

壁の地圖に戰報臻《いた》る霜朝々

國戰ひ嚴寒に入る机かな

『加藤楸邨全集』月報に金子兜太と、第二次大戦についての対談が載せられている。司会は石寒太氏。

「石＝昭和十六年十二月八日朝。『帝国陸海軍は本八日未明西太平洋に於て米英軍と戦闘

状態に入れり』という、大本営発表が放送され、正午には宣戦の詔書が発表され、太平洋戦争に突入するわけですね。（略）

森＝金子は十二月八日はどこにいたんだ。

金子＝東京にいた。ちょうど、小石川あたりで市電に乗っていた。朝どこかから帰る途中だったたな。

森＝よからぬところからの朝帰りだろう。ぼくは博多の箱崎の下宿で寝ていたよ。そしたら友達が、学校へ行くときに誘いにきて、下から『おい、大変なことになったぞ！』っていう。ぼくは、『電車でも衝突したか』っていったんだけれども。それが十二月八日。しまったという思いが強かったたな。ぼくは経済学徒だったから、経済的に考えて、あの戦争をやってうまくいくはずがないわけよ。戦争へいってからもそうだ。あのときはいやな予感がしたな。興奮するよりもいやな予感がした。

金子＝ぼくもひやっとした。たしかその二日後だったと思う。大学のゼミのとき、教授が（略）アメリカの生産力は日本の十何倍だからなあと、憮然とした顔で講義したのを覚えている。その時ぼくら学生はシュンとしてしまった。開戦と同時にこれはいかんという認識はあった。

森＝それはあった。

金子＝あとは、どういうふうにおくれをとらずにいくかという妙な気持でね。いまからいうと悲壮ぶったようなことになるけど、どう死ぬかという問題があったからな。
森＝あったね。（略）もちろん戦争が起こった以上は、とにかくなんとかしなきゃならんという気持が、ぼくらにだってどっかにあるわけだけれどもね。」

（『加藤楸邨全集』月報　昭和五十五年）

十七年八月、二十三歳の森澄夫は、文学芸術に少しでも関係のある会社にとの思いで、映画配給株式会社に就職を決めた。川上一雄は三和信託に決まった。二人で上京したおり銀座で、同じような柄のネクタイを買ったという。

かんがへのまとまらぬゆゑ雪をまつ

森澄雄「カロッサとヘッセ」より。

「ヘッセの詩画集（『画家の詩』）は、ヘッセの如何にも彼らしい素朴な童画風の水彩画十葉と彼の詩十篇を収めた豪華な限定版で、昭和十七年三笠書房から当時七円の高価な値段で出た。その予告が出たとき僕は下宿生活を切りつめて崖から飛び下りるような気持で注文したものだ。それは出征中長崎の原爆にもたった一冊焼け残って僕の青春の遺品《かたみ》のようになった。（略）いまも、ヘッセが『デミアン』の序詩に『私は私の中からひとりでに生まれでようとするものを生きようと欲したに過ぎない。それが如何に困難であったか』と書きつけた言葉や、カロッサが第一次大戦の従軍記録として残した『ルーマニア日記』（従軍日記）の同じく序詞として記した『蛇の口から光を奪へ』という言葉は、はるかな青春の回想をよぶとともに、それらの日から一貫して僕の生活の指針として生きてきた。」

（「米沢短大生活文化」昭和三十九年十月）

島尾敏雄は「同窓仲間」の題で『森澄雄・飯田龍太集』の序文に、大学当時の森澄雄を書いている。要約すると、「私が、九大、当時の言い方に従い略さずに言うと九州帝国大学に入学したのは昭和十五年の四月だ」の書き出しから、島尾自身の兵庫県立第一神戸商業学校、長崎高等商業学校の在学経歴を書き、そのあと次の文章が続く。

「大学に入るまえの年の昭和十四年に福岡市に矢山哲治や眞鍋呉夫を核とした『こおろ』と名づけられた文学同人雑誌のグループができ私も加入していたが、この同人の中には長崎高商の卒業生が多かった。実利の学問にかかわる職業教育を施す高商生は、たとえば外見だけを見ても、ポマードで頭髪をととのえ、オーバーに靴ばきのすがたをとる者が多かった。

いま、私の手もとに『記念アルバム・九大活水会・昭和十七年』と題された写真帳が残っている。そしてそれを作成した活水会同人として十三名の名前が列記され、一人につき四、五枚のスナップ写真が貼ってある。（略）

実はこの十三人の中に森澄雄が居た。長崎高商では彼の一年先輩であったから、彼のことは知る機会がなく、森澄雄とも出会わなかった。私が彼と友交を持つようになったのは九大にはいってからであって、活水会の集まりや殊にアルバム作成計画が立てられて以後に一層かかわりが密になって来たように思う。（略）

その時も迂闊なことながら彼が俳句を作っていることを私はなお知らなかった。（略）しかしその印象に頗るいさぎよい何かが感じられていたことに、今となっては思い当たるふしが多いのである。つまり彼はほかの仲間とは一風ちがった雰囲気を持っていた。（略）洒脱と言うか飄逸と言うべきか一種言うに言えぬ軽々とした自在さを身につけていて甚だ魅力があった。アルバムを見ると、当時の大学生らしい制服制帽を着けたものが多い中で、彼の写真には着流し（白地）で町なかを歩いていたり、中折れ帽をかぶったりしたものがほかよりも際立ち、独特の気配をあらわしていたのであった。」

（「朝日文庫」昭和五十九年刊）

師弟の座月光は欅木の間より

昭和十七年九月二十三日、学徒出陣で繰り上げ卒業となり、森澄雄の大学時代は二年六か月で終わりを告げた。

九月に赤紙（召集令状）が来た。出征までの日数はわずか一週間しかなかった。そのとき最後にもう一度だけ、先生（加藤楸邨）に会っておきたいという切実な思いに駆られ、上京した。

その折、加藤楸邨は、自作ノートから直接、『隠岐』の句（この一と月後、交蘭社から発行された）を読み上げて、出征する弟子澄雄に聞かせた。

森澄雄「想い出二つ」より。

「**さえざえと雪後の天の怒濤かな**　楸邨
隠岐やいま木の芽をかこむ怒濤かな　楸邨
水温むとも動くもののなかるべし　楸邨

などの名作をふくむ『雪後の天』にのせる百九十余句に及ぶ大作である。隠岐の旅は前年の三月だが、恐らく俳句事件につらなる圧迫が先生にも及び、未発表のままになっていたのであろう。先生の顔も暗く、読み方にも鬱勃たるものがひめられていた。ぼくはぼくでその一句一句に深く聴き入りながら、また期し難いおのれの未来に、暗く思いを沈めていた。」

（「寒雷」昭和五十三年十月号）

加藤楸邨に「楠の古火鉢」という作品がある。直径一メートル半ぐらいの「始め手にいれた時は、埃だらけでえたいの知れない化け物のやうな」火鉢をとても大事にしている、という話の中に「火鉢を挟んで対座する人と人の間には、何か実利だけでは片づかないながい時間をかけて始めて滲透しあふものがあるやうな気がする」とある。以下、抜粋。

「以前戦争中信楽かと思はれる大きな火鉢を持つてゐた。遊びに来た俳句仲間や学生達がこの火鉢のほとりから次々と出征していつた。そしてそのかなりの数は戦に果ててしまった。〈幾人をこの火鉢より送りけむ〉といふのがその頃の私の述懐だつたが、この思ひ出深い火鉢は五月二十四日の空襲で焼けてしまつた。」（「寒雷」昭和四十二年二月号）

伊賀上正俊「雪櫟の秀句」より。

十月や牡蠣舟を出てたゝかひに

「『出征前夜親友川上一雄と博多牡蠣舟にあそぶ』という前書きがある。昭和十七年二十四歳の時の作である。

森澄雄は砲兵少尉として、小隊を率い南方を転戦した生き残りの勇士である。それを戦争批判者に仕立てようとは思わないが、しかし、この句はどこか可笑しいではないか。

『牡蠣舟を出てたゝかひに』とは、まるで牡蠣の貝殻か船端でも叩くような、また、酔っぱらって千鳥足でたたらを踏むような音感連想を伴って滑稽ですらある。私は湖べりの箱みたいな小屋に住む映画のチャップリンを、ふと思い出したりした。だが、事実は厳粛である。恐らくこれが最後になるであろう親友との一夜を、学生時代に出入りしたことのある牡蠣舟で飲んだ。船型をした料亭の灯は池水に影を映して華やかである。壮士一度去って、また還らず……それを思うと、私にも痛憤の情が沸騰してくる。戦中派ならずとも、出征前夜の別れがどんなに切ないものか、誰にも想像はつこう。

『十月や』とは、九州といえども暑気は去って、色づいた稲田に秋祭の太鼓の音も響こうという季節である。が、これも事実は違う。昭和十六年十月に、大学・専門学校の在学年限短縮が決定されて、澄雄らは昭和十七年九月卒業、十月一日入営となったのである。

その十月一日は明日である。明日といっても、もう何時間も無いのだ。後年澄雄は『時間』を句に詠むようになるが、この時ほど『時間』を痛切に感じたことは無かったのではないか。」

（「俳句研究」昭和五十一年十月号）

島田修二「鬱然たる抒情の塊」より。

「『十月や』の句は、新しい選集の類では、単に『十七年十月応召』というような詞書になっているが、原著では『出征前夜親友川上一雄と博多牡蠣舟にあそぶ』とある。実はこの詞書は、作品の一部とみられるほど重要なのではなかろうか。（略）

『この句は作者自身と俳句の約束に対して二重の裏切りをしている。だから滑稽で悲愴なのである』という伊賀上正俊の解説（「雪櫟の秀句」、「俳句研究」五十一年十月号）が言うとおりである。この俳句の約束を裏切ったのは時代であり、歴史である。だが、さらに言えばその時代の裏切りに対して澄雄自身もこの句で俳句の限界にいどんでいるのではないか。詞書をつけて、ぎりぎりのところで、叙述から芸術へと歩み出しているようにみえるのだ。もし前記の詞書がなければ『十月』『牡蠣舟』『たたかひ』がほとんど了解不能になる、とは言えないだろうか。」

（「俳句」昭和五十四年四月号）

川崎展宏「春の瀧」より。

「森澄雄は多少出ッ歯であった。軍隊に入るとき、歯科医の父君は、それではまずいからと上歯四本を抜き、当時の美意識に従い、金縁四枚の義歯と換えて送りだされたのである。」

（「俳句」昭和五十四年四月号）


かくて、学徒出陣は、『出発はついにおとずれず』の島尾敏雄を海軍に、『逸見小学校』の庄野潤三もまた海軍に入営することとなる。その一足先に「逝秋」「影」などの俳号をつかい、白地を好んで着た森澄雄は、本名澄夫で久留米西部野砲第五十六連隊に入営。久留米第一陸軍予備士官学校を経て、戦場に直行、死と直面する。

8　久留米陸軍士官学校時代

鶏頭の朝や軍帽の眉宇となる
起床洗面秋爽涼も束の間に

昭和十七年十月一日、久留米野砲第五十六連隊入営。

その直前、妹貞子さんあて封緘葉書を、久留米ホテルより投函された。そのあと兵営より送られた十六通の便りが、原爆の被害から免れて発見され、それが「妹への葉書」として、昭和五十一年「俳句研究」に掲載された。

掲載の折「読み返して、あの激動の中で、多分に感傷的で自分ひとりいい子になっている、そんな発表するにはためらいと羞恥があるが(略)」と述べている。なお、当時軍隊にあっては、葉書にはすべて検閲済の印が捺してある。きびしい検閲の制約の中で、求めている書籍のおかたが翻訳書なので、かなり粗雑な?ところもあったのか。

全十六通の中、これは第一回目の書信。

曼珠沙華の団々燃ゆる征旅かな

「之は車中吟だ。田のあぜに、一団づつ曼珠沙華が真赤に燃えてゐた。この句万葉に通ふものがないかしら。

言葉といふものは実に不便だ。（略）言葉を用ゐないでお互にわかればそれがいちばんいいのだと思ふ。だから君にもなにも言はなくてもいいやうな気がする。だが男の兄弟とちがつて、いつかはひとの所へかたづかなければならない君が気掛りだ。

僕には具体的なことはなにも言へない。

幸福への道は自分の精神の中に拓け

洋裁もしつかり勉強するがいい。自分の趣味のなかに悦びと幸福を見出すことは、一番いい事だし、亦一番賢いことだ。素直な気持でゐれば、どんな生活の隅にも幸福はある。僕も、まだ死ぬとは思はない。僕はある自信をもつてゐる。（略）

僕の原稿、洋箪笥の抽出しにあるが、厳封したままにしまってゐてくれたままへ。」

岩田貞子さん（大正十年七月十三日生、現在九十五歳）は、原爆症で後年失明されたが記憶力は確かで、ご自慢の兄について、甥の潮さんの質問に歯切れよく話された。

「町内会の人たちが、出征兵士として見送るというのを兄ちゃんは断ったけれども、みんな旗持って駅まで行って、万歳三唱した。千人針と眼鏡を三つ持たした。本は『おくのほそ道』と『テスト氏』だった。

初年兵のころ久留米に面会に行ったら、足を引きずってた。上等兵に叩かれて、棒で叩かれて腫れあがってた。かわいそかねえー。兄ちゃん、軍隊生活になれとらんかった。話といえば足痛かことばっかり。あと本買っといてくれ、本を疎開させといてくれ。生きて帰れるつもりはないが、それとこれは別、と。」

ちなみに、依頼された書籍はヴァレリー全集、ドストエフスキー全集、ヘッセ全集（以上配本待ち）、ルイジュヴェの『演劇論』、「寒雷」、加藤楸邨の句集『隠岐』と「芭蕉講座・俳句」、ジョルジュ・ルオーの『我が回想』。

暁《あした》まづ喇叭喨々と秋の聲

（下五を「兵の秋」と小さく横に書く）

師は生き方として軍人を最も望まなかったが、軍籍に身をおくことになった。〈白地きて夕ぐれの香の来てをりぬ〉と征くにあたって、きのうの夕とわかちなしの心境を詠ったが、小学生時代の発育評価は「丙」、高校時も「丙」のやさおであった。古年兵の制裁は厳しかったろうが、師の口からは一度としてその批判は聞いたことはない。

ここに『日出生台《ひじゅうだい》の青春』という久留米第一陸軍予備士官学校九期砲兵生徒隊第二中隊第二区隊会発行の本がある。扉に「本書は昭和十七年十月、繰り上げ卒業で入隊し、甲幹生として小野区隊に学んだ予備役青年将校が二次大戦に参加した体験を、半世紀に及ぶ沈黙を解いて、夫《そ》れ夫《ぞ》れが夫れ夫れの想いを込めてその真実を書き綴ったものである」とある。

同窓には福永光司氏が、老荘研究者らしい賢察で中国の国民性を、鋭く描いた「引き廻されの記」を、森澄雄は「ボルネオ死の行軍」を掲載している。

本書には、卒業後の実戦の記録が多く、初年兵教育の実態や制裁については、あまり書かれていない。その中から教育と訓練の部分を抜粋要約すると、

① 行進にあたっての装備は30キロ。小銃、弾薬、水筒、鉄帽、軍刀、銃、背嚢、食料、薬品ほか。それらを担って、腹這いですすむ匍匐前進や原野夜行演習があった。（同窓の中では師は一番か二番のチビで貧弱だったらしい）さらに、久留米から大分県の日出生台演習場までの、二泊三日は、砲車を牽いての行軍であった。

② 軍馬の手入れ。古年兵は言う。「貴様らは一銭五厘で集められるが馬は何百円もする」と。たぶん森二等兵は、はじめた頃は、馬に乗るではなく、乗せられている姿で、古年兵の目に障ったことだろう。

軍馬の手入れについては、鈴木六林男・森澄雄対談「俳句は男子の志」に、それにふれた会話がある。

「鈴木＝ぼくは昭和十五年に大阪城の近くに連隊があって、そこに入隊したんですが、軍隊に入ったら靴がないんですよ。（笑）下駄を履くんです。外に出ていくときだけ靴をくれる。昭和十五年にそれだけ物資がなかった。機関銃中隊だから馬はあるんです。雨が降った明くる日の厩当番が当たると、馬が張っているでしょう。暴れるんですよ。鼻緒のゆるんだ下駄を履いて、馬が跳び回るのを守りをしているのが精一杯ですよ。（笑）戦地へ派遣されるときは、その馬も兵器もなく、体ひとつ。

森＝ぼくらもボルネオではわらじだ。」

（「俳句研究」平成六年一月号）

③日誌をつけること。それを教官が検閲した。

この日誌についても、青池秀二、久保田月鈴子、和知喜八、野間郁史との座談会「これから」に載せられている。

「秀二＝鶴丘が奔走して清山中将や牧車中佐とかの名を国旗へ大きく寄せ書きしてくれてそれが軍隊で顔がきいて嬉しいことでもあった。

澄雄＝軍隊で毎日反省録を書かされて、書くことがないから俳句のことを書いたんだ。翌日中隊長に呼ばれて文弱でいかんという。えいくそというんで清山さんの（「寒雷」同人。清水清山。〈戦野の上ひた翔くる雁と汝は征けり〉〉俳句を翌日書いて、これは清水中将の俳句であると書いたら、翌日は何も言わん。（笑）」　（「寒雷」昭和三十五年二月号）

久留米野砲隊に入営から五か月後の昭和十八年二月、幹部候補生に。五月、第一陸軍予備士官学校に入校した。

貞子さんの兄についての話の続き。

「もう少し偉くなってから兄ちゃん入院したんよ。見舞いに行ったら、面会時間に間があって、本屋に入って一生懸命本ば見よったら、白衣の人が傍に立った。『ああ兄ちゃん』『おお、貞子』いうて、それから車で病院に行ったら衛兵が最敬礼よ。私恥ずかしかった。あの頃は大学を出てれば三か月で幹部候補生で、兄ちゃん少尉になっとった。二畳くらいの個室で、当番兵がコーヒーを持ってきた。もう、コーヒーは手に入らん時代だった」

平成十九年八月、日本経済新聞に連日掲載された『私の履歴書』と藤村克明さん（「杉」同人）による「森澄雄年譜」には、「一二月久留米第一陸軍予備士官学校卒業、兵科見習士官に任官、原隊に復帰したが、黄疸を病んで翌年まで四か月間、久留米陸軍病院に入院。閑暇に父をモデルに小説『茶漬三昧』を書く」とある。（藤村さんは、森澄雄の履歴に詳しく、すべて澄雄師が目を通されている。）

　かつて大学当時、川上一雄氏に見せた師の処女作らしい作品は、タイトルは不明。川上氏の批評に「ダチかんかなァ」と嘆いたが、病床にあっても小説への思いは絶ちがたかったのだ。時代は前後するけれども、貞子さんの話の中に、はからずもその処女作の話が出た。

「兄ちゃんは、はじめ小説ば書こうと思ってた。初めての小説は『朝昼晩』という題やった。森家の一日の生活やった。私も（登場人物として）書かれとった。私に原稿用紙を渡して、貞子読め、と言った。」

　貞子さんの話は、ふたたび陸軍病院に戻って、

「次に行ったら退院して留守。門に立っとったら向かい側の門から馬に乗ってカッカッカッと。格好よかった。草色の軍服で二等兵のときと違う。兄ちゃんは、行く度に颯爽と変貌していた。七月二日、門司から外国に進軍するときは、港まで両親が見送りに行った」

　その陸軍病院を「退院後も無理ができないので特別な任務には就かないでいたが、七月、少尉に任官、間もなく南方独立混成第五七旅団に転属、小隊長に」と年譜にある。

　その日から六十年近い年月を経た、平成十三年四月。師澄雄八十二歳、八女茶の発祥地黒木に、句碑が建立された。除幕式のあと、師と潮さんと私は、久留米に向かった。

かつての士官学校は、現在、高良山の遠望を正面に、明るい化粧煉瓦の塀を巡らし、左の門札は「陸上自衛隊幹部候補生学校」、右の門札には「陸上自衛隊前川原駐屯地」と掲げられていた。舗装された広い道が高良山に向かってはしり、中央は植込みと芝生になっている。植込みといっても、十メートル近いメタセコイアが二本、緑の円錐を見せている。芝を囲むのはマゼンダ色の躑躅で、中庭一つ見ても、ちょっとした公園ほどの敷地だった。

「どう？　昔の面影はあるの？」

小ぬか雨のなかを資料室に向かう道すがら、潮さんが尋ねると、師はゆっくりと首を振られた。いつもよりも力のない振り方だった。車椅子を押していた私には、その表情はわからなかった。ぽつりと、師は呟いた。

「きれいになった」

反射的に、浦島太郎ですね、と口に出かかった私は、あわてて話をそらした。

「戦時下、ここにお父様が訪ねていらしたのですね。先生は『寒雷』の差し入れを断られ、面会も、もういいと」

師の「加藤知世子論――『冬萌え』に就いて」の中に、昭和十八年八月、ここ久留米士官学校の面会所の硬いベンチの上での父子の会話が載っている。父貞雄の持ってきた「寒雷」を捲り、加藤知世子の〈風わたる合歓よあやふしその色も〉を読んだ師澄雄は、「俳句もこの句で沢山だ」と思い、俳句への未練が消えると同時に「何もかもお仕舞だ」と思ったのだった。「目を瞑る思いだつた」とも。

「面会所の片隅でおどおどし、昨夜の終列車で疲れ切つた父の顔を見ながら、言つた。『もう汽車の切符を手に入れるのも大変だし、夜汽車もつかれる。面会はこれで沢山です。それから〈寒雷〉もこれで結構です。俳句が作れる様な時ももう来ない様だから……』」(「俳句」昭和二十八年十一月号)

その日の朝まだき、夜汽車から降りた父親は、国鉄久留米の駅前から、戦中の木炭を燃料としたバスに乗った。乗合バスは黒々とした排気ガスを放ちながら、市内を通り抜け、ややあって未舗装の田園地帯に入り、歩哨の立つ士官学校に到着したのだった。

「妹への葉書」昭和十八年五月×日付に唯一、校外の風景が「麦も黄色に熟れて来た。麦の秋だ。朝夕とてもこの辺はうつくしいのだ。驚くやうな真赤な太陽が櫨の若葉の新緑に映える」と描かれている。

季節は同じ新緑のころなのだが、平成十三年の現在、舗装し塵ひとつない道と、樹々を縫って点綴する現代風な建築物からは想像に限界があり、どうやっても半世紀前の陸軍予備士官学校は浮かんではこない。

モスグリーンの制服を着た、広報班の川崎自衛官には厳めしい雰囲気はなくて、「森澄大は昭和十八年十二月の卒業です。当時の資料など見たいのです」と言うと、「はっ」と応えるなり師を車椅子ごと二階の資料室に担ぎ上げた。あらっと私は声をあげ、潮さんは深く頷いた。案内された資料室で見たのは、割腹自殺された阿南陸相の遺書である、

一死以テ大罪ヲ謝シ奉ル

昭和二十年八月十四夜

陸軍大臣　阿南惟幾

神州不滅ヲ確信シツヽ

達筆の墨書であった。実物は血塗れていたはずである。すぐに目をそらし、歩を進めた。軍服、寄せ書きされた日の丸、薬罐、★のついた火鉢と灰皿、白水中尉の外套。そして、火縄銃、15年式村田銃、44式騎兵銃、38式歩兵銃。それらは、どれも磨き抜かれて黒光りしていた。銃把の部分に引き金を引けないように鎖と錠がついていた。側面からのぞくと、当然ながら丸い白金の銃口は鋭い光を放っていた。ひややかなものが首筋を通り抜けた。重そうであった。かつて森兵士は、この三八《さんぱち》式歩兵銃を手に背振山を登ったのだ。

そのとき、車椅子の上で体を捻るようにして、師は呟いた。

「あ×いた」

師は平成十一年ころから、とみに言語障害が進行して、師の言葉を理解できるのは、潮さんと万里夫人のみとなった。私は静止の状態で師を見つめたが、すでにその顔は隣室に向かっていた。聞き返す勇気はなかった。考えられるのは、歩いた?だが。

写真の展示室では学校本部、旧年の面影を残した。朝礼の風景、歩兵生突撃訓練、大野原野営、銃剣格闘など。帰りぎわにパンフレットをもらった。表紙に「鎮西二十一世紀の防人」とあり、災害派遣や不発弾処理の現場から、「最精強をめざし錬成」のページでは、ミサイルや戦車などの写真数葉が載っていた。

資料室では人の目を忘れて、説明書きをメモしてきたので、門を出たあとの私は、深呼吸と首の運動をあられもなくしてしまった。師は鋭い一瞥を投げかけ、あとは無言だった。このあと森一家の予定は、長崎在住の貞子さん一家を加えて、孫の真人くんと万里さんの待つホテルでの夕食なので、私は久留米駅の近くで車を降りた。見送る私に、師は前方を見たまま、かるく頤をしゃくった。

明日は、私ひとりで久留米図書館に行く予定だった。

すこぶる機嫌の悪い師に当面した夜は、心を静める方法を私はもっていた。

――先生はすこし怒りすぎ。それとも私が無礼なのか？――

そう自問したあと、いつであったか、鈴木六林男氏との対談に、（意に染まない質問に、森澄雄がとった態度を）

森＝……。

鈴木＝横を向いて返事しない。（笑）

を読んだとき、思わず笑ったことを、想い出すのだ。どなたにも先生は横を向かれるのだ、そう納得した。あれは小さな覚りだった。その日からその文面を思い浮かべ、つぎに澄雄句を詠うのが、私の心静めの順序となった。

われもまたむかしもののふ西行忌

戦なりしわが青春も鳥雲に

いくさより生きて傘寿や菖蒲の湯

――もっと遡って、いちばん好きな戦争の句は？――

いくさよりながらへたりし筆生姜

沢潟《おもだか》やいくさに死にしみなわかし

閑かなビジネスホテルで、ひとり句を三唱していると、こころは沢潟の三弁の白い花びらに移ってゆく。沼辺の泥地や植田から透明に近い乳いろの、花弁の中央には黄色の蘂をいだいた小さな花が面高く立ちあがり……、そこに師の声が重なる。

「あっけなく、みんな死んでいった」

森澄雄「妹への葉書」より。

昭和十九年六月×日　久留米西部五一部隊中村隊

「父には『愛情をつなぐものがあればとも思ふ』とも書いてみた。環境その他をいろいろ考へるとむやむやな気持にされる。かういふ気持の動いてゐるのも事実だ。だがそれよりも激しく一日も早く戦線に出たいと思つてゐる。『蛇の口から光を奪へ』――激しいものの中にしか活路はないといふ、あるつきつめた気持になつてゐる。愛情をつなぐものといつても、自分の立場から、すべて勝手な考へだと思ふし、相手にもひどく気の毒だ。所詮だめ。

しかし、お前としては、この激しい時代に、危険は一層深刻だ。だが、人間の生死を思へば、結婚はいつだつて危険な賭けだ。しかし、その危険を越えるものは、愛情と決意だ。早く幸福ないい結婚をしてほしい。」

この葉書が最後となった。なお、中村隊は貫兵団野砲隊として新しく編成された野戦部隊。召集の老兵が多かった。七月下旬、門司港より二十一艘の、中古貨物船による「快速船団七ノット」と称する船団を編成。速力七ノット（時速十三キロ）で魔のバシー海峡に向かう。

9　北ボルネオ死の行軍

タワオにて遺書を認むべしとの命を受け
咲き出て生命明るさよ紅蜀葵

昭和十九年七月、森少尉を乗せて門司より出港した、二十一隻の中古の貨物船「快速船団七ノット」は、一畳に十二人という超過密の蚕棚で、汗と脂と体臭でむし風呂状態であった。一隻に約千名乗船したとみられる。しかも、砲兵隊であるにも関わらず、一門の大砲もなく、兵隊だけを満載させていた。

最初の寄港地は高雄。師の口から「台湾の高雄では金平糖をたくさん買った。毎日ポリポリ食った」と、幾度も聞いた。師は甘党であった。

ところが、バシー海峡やルソン海峡では平均六ノットの潮流があった。時化てくると潮流のほうが速く、船は逆流した。さらに米軍の潜水艦が出ると、ほとんどが轟沈であった。火柱、水柱が立つと次の瞬間、二つに割れて船は海中に沈むのだ。土煙とともに灰や塵が降りかかる。各船は汽笛を鳴らし左へ右へと魚雷をかわした。魚雷にあたり船が傾くと、盆の上の豆が片側に寄って零れるように、人間が海へ落ちてゆく。千人の兵が消える。
二十一隻の船団のうち残ったのは、わずか三隻。その事実を森少尉が知ったのは、マニラ港に着いてからだった。

松崎鉄之介「森澄雄と戦争体験」より。

「潜水艦の攻撃を受け大方撃沈され、三隻となつてマニラに着き、マニラにおいて約一ヶ月部隊の再編成を行ない、現地において鹵獲《ろかく》兵器により武装を整え、焼玉エンジンの機帆船で夜陰のみ航行する手段を用いて島づたいに約半月をかけ北ボルネオのサンダカンに上陸、後東ボルネオに廻航し、タラオ守備についたのである。守備するといつても戦えるべき兵器もなく、椰子の木を切り倒してこれを横たえ、大砲の如く擬して陣地を作つていたという。（略）澄雄はタラオの守備を半年行つた後、タラオの南を流れるスパコン河を遡つて濠州軍の敵前上陸に備え、北ボルネオの密林を行軍して行つた。」

（「俳句」昭和四十三年四月号）

異人饒舌吾が白扇をひらくのみ

平成十年二月。師澄雄の七十九歳の誕生日である二十八日。白鳥亭句会の一時間前に、私は師の書斎（ベッドもおかれ、句会もここで）の前に立った。三年前の十二月、脳血栓から左半身不随になって以来、ドアはいつも開かれたままであった。言語障害もあったが、まだ理解できた。

「先生、こんにちは。入ります」

「ああ」と、師は応えはしたが、振り向かなかった。厚い歳時記を不随の左手で、肩を傾ぐようにして支えている。

いつからか私は、師の背中だけを見てきた。

師は、いつも机に向かっていた。ある日は不自由な手で原稿を書いていた。ある日は選句の葉書の束を捲っていた。はがきの句を写されているときもあった。「なぜ写されるのですか」といつか尋ねたことがあった。すると、「投句者のなかには、老人もいる。書痙の人もいる。読みづらい句は清書してみるのだよ」とそのときは応えられたが、不随になってから書くことは、実に難儀そうであった。それでも師は、ちまちまとした字で写し続けるのだ。

かつて六十歳の師は、まことに颯爽と、私を置いてきぼりにして先を歩いた。私は嫌われているのかと、幾たびか考えたほどだった。「あっ、父と母はいつも一緒に出かけても別々に戻ってくる。父は大泉学園から家まで翼が生えるのよ」と娘さんに言われて肯ったが、それにしても、水平に肩を保ったままの美しい歩き方ではあった。

いつからかその豊かだった背中は、骨のかたちの解るほどに尖って薄くなった。

「先生、今日はボルネオについてお聞きしたいのです」

私は古書店で探し求めた、松本国雄著『キナバルの東』からコピーした地図と、赤いマジックペンを差し出した。地図の見出しはゴシック体で大きく印刷されていた。

《ジャングルに消えた兵団（当時の転進部隊配置図）》

この北ボルネオの手描き地図には各旅団、聯隊、大隊名と転進経路が太い線で引かれている。出発地点はサンダカンとタワオ。到着地点はアピ、ラブアン島、ブルネイ。

この未踏のジャングルに入る前の、日本軍転進部隊の定員は、同じ作者の『回想のキナバル』によれば、一一、一二七名。死亡者は、六、三三七名。生還者は、四、六八六名とあるが、二〇四名ほど計算が合わない。

進軍ルートは大雑把に言って、サバ州中間部を中心に赤道より遠くを進む北ルートと、赤道近くを進む南ルートの二つ。北ルート部隊は、ボルネオの北部キナバル山麓を巡った。北緯六度のあたりを横断。所要時間は五、六十日とある。三百キロ行程。進軍記録のほとんどはこのルートである。

森少尉の属する独立混成第五六旅団は、南ルートを進軍。赤道に近い北緯二、三度のあたりもふくまれる。その所要時間を「北ボルネオ二百日間死の行軍」と師澄雄は言う。六百キロ行程。進軍記録はほとんどない。

「先生、死の行軍の道程を教えてください」

師は誕生日とあって、いつにない笑顔で受け取った。

「サンダカンでは中国人の歯科医さんが漢詩を詠んでくれた。日本語ではダメ。低い声なのに澄んでいて、良く徹った。抑揚がまた、すばらしかった」

と、師は口をとがらせて笑っておられたが、赤いペンはためらいがちに、サンダカンの入り江から海上を南下した。

「ボルネオ島は、尾の短い太った右向きの犬が中腰で、前脚をあげて餌をねだっている形をしている。北ボルネオは、頭部から胸部のあたり。東海岸のサンダカンは目の位置。タワオは下顎に。西海岸のアピは耳の付け根、ボーホートは後ろ頸。腰の回りを赤道が貫いているんだ」

師は一度、タワオからボーホートまで直線を引かれたが、考えたあと、サンダカンから陸沿いの海上に線を延ばした。

そしてタワカラン島から陸路横断らしい線を途中まで引かれたが、ペンをおき、頭をふられた。

「先生、もういいです。ありがとうございました」

師には遠くに目をおき、現場不在のひとときがある。小さく頷く仕草があるまで待つ。ややあって書かれた。

〔貫兵団　木下砲兵隊〕

横書きの二行を丸く囲み、その下に〔橋本工兵隊〕

私は、ボルネオの戦記、著作をかなり読んできた。読み始めと、資料としての目的は吹っ飛んでしまう。「この悲惨な現実は、書いても、読み手に伝わらないだろう」と半ば絶望しながら書いている書き手の心情が伝わってくるのだ。真実の情報のないまま進む兵士。腹立ちと悲しみのなか、夢中で読んだ。師への質問がすらりと出てこないのも、師の過去への配慮があった。

「おかしなものだね。武器を使う気は、あまりなかった。それなのに、相手が撃ってくると、猛然とこちらも迎え撃つ。本能かしらん。敵はみんな自動小銃。こっちはたった二十五発の弾の配給があって、三八銃でカッチャン、カッチャン。それほど歴然たる差があるのに、だ」

師は急に老いたようにみえた。私は話題を変えた。

「先生は乙種合格ですか」

「丙種だ」

横を向いて答えられた。私は余白に〔丙種合格〕と書いた。

ボルネオの戦野『おくのほそ道』を持ち歩く

翁ともに酷暑歩けりいくさの日

そのとき、句会に飾る花を抱いて戻られた潮さんが参加し、私が躊躇っていた質問をあっさりと口にした。

「お父さん、出征のとき持って行った『おくのほそ道』と『テスト氏との一夜』の本はどうなったの？」

師は一瞬、絶句し、それからむっと唇を噛んでから、

「ぎりぎりまで持っとった。ジャングルは想像を絶する高温多湿だった。スコールは滝だった。木の葉をちぎり、枝を折る。携帯天幕なぞ役に立たん。雨は頸もとから入って腰のあたりから滝だよ。川が湖になるからみんな樹上に逃げた。水が引くと、屍体が数体七、八メートル上の枝に残っとった。あと五メートル登れた者は生き延びた」

行進の先々に、樹上の屍体があり、それが進軍の道標であった。湿地の上には腐葉土、それを被う枯葉と羊歯、倒木。踏み出すと膝まで沈む。それを引き抜いて次の一歩であった。

「つまり、本は溶けてしまったの？」

「全部暗記しとった」

「そうかあ。お父さん記憶力抜群だもんなあ。そう言えば死の行軍のあいだ、唱えていた

んだよね『おくのほそ道』の、羇旅辺土の行脚、捨身無常の観念、道路に死なん……」
「あとは忘れたけど……。『伊達の大木戸を越す』」と続けてから、潮さんは深いため息をついた。

師はかなり興奮していたが、優しい父親の顔になった。

鈴木六林男氏は「マラリアは気力がなかったら死にます。気力で頑張らんといけない。戦場では敵とその風土との連合軍が相手」とも言った。森少尉もマラリアに罹っていた。飢えと病に打ち勝つには「これ天の命なりと、気力いささかとり直し、道縦横に踏んで」と四十六歳の芭蕉の、悲壮のなかの勇者ぶりを踏襲したのだ。

その翌日から私のボルネオの地図との格闘が始まった。地図はマレーシア大使館にもとめ佐川急便で送られてきたものや、ガイドブック、図書館の世界地図からのコピー、その他。それらのうち、大判の明細なものは欧文の記載で、しかも戦後半世紀をすぎ、地名表示も変わっていた。たとえば、コタ・キナバル、ジェスルトン、アピ（火の意。現地語では、夕陽の美しい町）は、すべて同一都市なのだが、ジェスルトンと記名された地図は、十枚の中一枚のみだった。

なお、「北ボルネオ死の行軍」については多くの謎がある。ただ一つの確証に、西海岸に敵が上陸する公算大なりという電報をみた大本営の参謀が、ボルネオの地図を広げ、タワオからアピへ定規を当て、「三百五十キロか、一日四十キロとして十日あれば全兵力を西海岸に移せる」と独断、命令したという。その参謀の名は不明とされたままである。

昭和二十三年「寒雷」七月号に、森澄雄は「南溟の鳥」を掲載した。復員から二年、二十九歳であった。

「昼も光を喪つた薄明の様なジメジメした密林の中で、僕達兵隊は、もう長い間殆ど喰ふものもなく、執拗な爆撃と砲撃を浴びて、たゞごろごろと寝てゐた。殆ど二百日に亘る北ボルネオ横断転進行動に、連日膝を没する湿地の行軍が続き、年老いた副官は自ら拳銃で顳顬を貫き、大半の兵隊は途上に倒れた。辿りついた戦場で、極度の糧秣の不足と、悪性のマラリアと、栄養失調に咽喉も白く脹れ爛れて、たゞ寝たまゝで一日一日痩せこけて死んでゆく兵隊と共に、自らも一切の氣力を喪つて身を横たへてゐた。実際兵隊達は文字通りひと知れず死んで行つた。ある者は戦友より遠く離れた潅木の蔭で一発の手榴弾に自らの身を砕いた。衰弱し切つた身体は熾烈な空襲の間も決して退避しようとしなかつたが、息をひきとるときも一言の遺言も言はなかつた。傍らに寝てゐる戦友さへ知らぬ間に静かに息をひきとるのだ。そして僕達兵隊は何日も屍体と一緒に寝てゐた。

密林は昼からすぐ夜に続く。真暗で湿々した森閑たる夜気の中で、昼間激しい銃声の響きの中に死んでゐた鬱蒼と天空に伸びた巨大な樹幹が樹霊を呼び戻す。鬱々とした重い樹幹の呼吸が夜闇をひき絞り、衰弱した肉体の思考を奪ふのだ。この密林の上に、十字星が輝き星の降るやうな清々した明るい蒼茫が展けてゐるのだが、死は正確な足どりで近付いてゐた。しかし自己の重大な運命に対する予感さへ喪つて、虚な眼を何にも見えぬ闇に対つて開き、何かにジット堪へて、僕の魂は不思議な平衡《バランス》の上に、静かに平穏であつた。樹間の夜鳥が土の中からでも啼き出すやうにミーンミーンと不気味な哀調で啼く。と、突然別の夜鳥が高く天空を蔽つた真暗な枝の方からアッアッハアッアッハと奇怪な大声で嗤ひ出す。そして再びミーンミーンと沁み入る様に続く。姿が見えないだけに一層その不気味さを増すのだ。深夜、鳥達が寝静まつてからも、思考力のない冴え返つた頭の中で、どうしてもミーンミーンといふ不気味な啼鳥が耳朶を離れないのだ。」

森少尉は、まだ動ける部下を励まして、病死や、絶望で生きる力を放棄して自決した部下を、ジャングルに丁重に葬った。枝を削った側面に、即席の俳句を鉛筆で印して、小さな墓標とした。鉛筆を失ったあとは、焼いた木片を使って書いた。それが隊長として出来得る唯一の慰霊の志であった。ともかく土に埋めたい。それが願いでもあった。屍に群がる野生動物を目にしていたからである。

『日出生台の青春』平成九年四月の竹内途夫氏との対談で、「その時の俳句一句でも覚えている?」の質問に、澄雄は、「覚えていない」と答えたあと「あの時代に、あの環境で作った句を今の時代に私の口から云々することはできない」とも言っている。

「はじめは一応軍隊だった。だが日に日に落伍者が多くなってゆく。だがとても指揮官はこれを咎めることはできない」、指揮者は軍律に従わなくてはならない。けれども森少尉は、落伍者の痛みと悔しさを共感していた。


澄雄はジャングルのなかでの死を書き語りはしたが、飢えについては口にした具体的な物を明らかにしてはいない。「蜥蜴」と一言、早口で言われた記憶がある。

松本国雄の『回想のキナバル』には、人間の子供ほどもある黒蜥蜴を小銃で撃ち、その白身の味を堪能したとある。「とかげは人間の屍を食い、人間はとかげを食う。万物は循環するんだな」と言い「ワニによりも美味だ」と語り合っている。犬、猫、野ねずみ、猿、蛇、鰐、野豚、木の実、野草。毒茸で死んだ兵士もいた。すべてが代用食だった。

ついで樹林の深さについて、澄雄は「鬱蒼と天空に伸びた巨大な樹幹」と書くが、写真家水越武の「ボルネオの熱帯雨林」には、「林冠から際立って高いフタバガキ科の樹木には、八十三メートルを超えるものまで見られる」とある。

かくして、森少尉は東海岸の、タナーメラーからセンバクン河の流れを遡って、ブルネイの守備隊を援護すべく、未踏の密林を「死の行軍」をした後、ボーホートでブルネイ守備の貫部隊と合流、濠軍と戦い、死と直面するのだ。

ふたたび松崎鉄之介氏の『森澄雄と戦争体験』から。

「戦闘といっても一日一個の握り飯が唯一の食糧であってみれば、単に敵と接触しては後退をくり返し敵軍の優勢な火力の洗礼を受けるのみであったという。百五六十名の中隊が数名しか残らず、澄雄の小隊は七名がついに三名になってしまったという。

三名になった時の状況を彼は次のように語る。『ある時貫兵団の敗退を後方陣地で援護(単に壕を掘って見守っているにすぎない状況である)していた際、貫兵団がつぎつぎと退却し、陣地が敵の前面にさらされ、後方へ離脱する時、敵の砲火の中に一人ずつ壕をとびだす段になった。最初に飛び出した兵長は銃撃に倒れ、次の兵は無事に銃火の圏外にのがれた。三番目の兵は壕を出るや否や自動小銃の銃火を浴び、四番目は圏外にのがれる直前で戦死し、五番目はうまく逃げ、つぎに下士官にうながされて私が飛び出した。夢中で木陰づたいに走った。気がついた時に無事であったという実感が湧いてきた。最後の下士官はいくら待てど帰つてはこなかつた』と。

また転進中敵機の銃撃を受け川べりの草むらに兵が伏せたのに打ち重なつて退避したのであつた。銃撃が去つて立ち上がつて、下の兵も起きて来るだろうと暫くまつたが、一向に起きる様子もない。気が付いて見ると脇腹が銃撃の血に染まり即死していた。」

（「俳句」昭和四十三年四月号）

川崎展宏「試論森澄雄」より。

「濠軍と激戦、といつても、緒戦に捕獲した英国の曲射砲に、口径の足りぬ日本の砲弾をこめて発射するので、弾は殆ど飛ばなかつたという。」

（「寒雷」三十五年六月号）

川崎展宏「森澄雄の生活と作品」より。

「（昭和四十二年の春）澄雄は白猩猩のような顔をしていた。『森さんの腎臓はやつぱり唐辛子のせいか』というと、『そうじや』と前歯をみせて笑うが、ボルネオの山中で終戦も知らなかつた澄雄は、大事に持つていた唐辛子を毎日嘗めていたのだ。小隊は三人になつていた。彼の眼鏡には小銃弾の丸い穴が明いていた。『ハジキダマがひゆろひゆろひゆろとやつて来て眼鏡に穴を明けよつた』と澄雄はいう。」

（「俳句」四十三年四月号）

鈴木六林男・森澄雄対談「俳句は男子の志」より。

「森＝ぼくも敵と対峙して伏せている時、流れ弾がメガネに当たりメガネに丸い穴が開いて、弾が下に落ちて助かるんです。そういう不思議なことがあるんだからねえ。ツァイスのメガネを持っていったけど、あっちのメガネは強いんだねえ。」

（「俳句研究」平成六年一月号）

破蓮やわれ敗兵のむかしあり

「戦陣訓」を資料の一つとして、私は初めて目にした。

……屍ヲ戦野ニ曝スハ、固《もと》ヨリ軍人ノ覚悟ナリ……

10 捕虜収容所から帰国へ

昔あり敗兵たりし燕子花《かきつばた》

一九四五年六月。森少尉の小隊は、ただ退避するばかりの、散発的な戦闘を二か月あまり続けていた。

八月の初め爆音の中にあった前線地帯が、突然、静寂につつまれた。ポツダム宣言を受諾し、日本が敗れた瞬間だった。しかし、山岳部隊にあった森少尉は数日間知らずに壕生活を続けていた。小隊は三人になっていた。

終戦を迎えて濠州軍に武装解除され、引き揚げまでを北ボルネオのアピ（ゼッセルトン）郊外の、熱砂に鉄条網を廻らした捕虜収容所で過ごした。

武装解除は剣、銃、軍刀、鉄兜、重機、弾薬箱などを、自動小銃をかまえた濠州軍の見守る中、海岸に集積した。受け取った濠州軍は、それらを数えもせずに、そのまま海中に放棄した。連合軍にとっては銃器は消耗品だった。森少尉は唇を噛んでいた。

草間時彦氏との対談、平成八年十一月二十六日「花鳥諷詠の思想」より。

「森＝兵隊は与えられる手旗でも飯盒でもみんな陛下の御下賜品なんだ。ある中隊の兵隊が飯盒の中蓋をなくした。ボルネオの転進行動でジャングルの中を二百日、毎日飯盒炊をやって、ボルネオを歩くんだから、どこかでついなくしちゃうんだね。それでも、『天皇陛下の御下賜品をなくすとは何事だ。探してこい』と上官に言われた。探してもあるはずはないから、その兵隊は結局、自殺した。そういうように上官の命令は何でも陛下の命令なんだ。（略）むごいよ、飯盒の中蓋一つで自殺するのは。」


鉄条網（有刺鉄線）で囲まれた捕虜収容所には、六千六百二名。一般邦人一千八百名ほどが七棟に収容されていた。空港の滑走路近くの、爆撃の穴の水たまり毎に、粗末な小屋を建て、砂地の上にグラウンドシートを敷いて寝るので、雨が降ると水がたまった。晴天の日でも湿気がひどかった。濠軍の制裁は厳しさをこえていた。食事も生きえる最小限度だった。栄養失調症、マラリア再発、過労で、帰国をまたずに死んでゆく兵隊があとを絶たなかった。

見張りの櫓からは、たえず濠軍の銃眼が狙っていた。

後年、師澄雄は吐き捨てるように「屈辱的労働で搾られた」と言って、黙り込んだが、その労働とは、濠軍の洗濯、掃除、汚物用穴掘り、密林の原木伐採と運搬、爆弾処理、マンホールの清掃、市街地のゴミ集めなどであった。労働の間中かれら濠州軍の「ハリアップ」の罵声と警棒が背中に飛び、足蹴りにもされた。暴行そのものだった。

二十一年、濠州軍は英印軍と交代。森少尉は通訳となる。その頃から英語講習会、短歌の会、俳句の会、商業簿記講習会、民主主義講習会や社会思想講習会が実施された。

ふたたび松崎鉄之介の「森澄雄と戦争体験」より。

「昭和二十一年四月まで虜囚生活をすごした。収容所の七棟を歩いて俳句を講じたというが、収容所の生活も常に死がつきまとつていたという。作業のない毎日曜日に行なわれる戦犯者の摘発がそれである。貫兵団がブルネイ駐屯中に現地の華僑に対して行なつた非行についての容疑者の頸実検である。たまたま顔が似ているために間違えられて、頸実検の指名の指がいつ彼にふりかかるか、一切の予測は不可能なのであつたという。」

（「俳句」昭和四十三年四月号）

首実検は、収容所の広場に無帽のまま一列に並んで立たされている前を連合軍憲兵と現地人巡警と訴えた現地人が、一人一人について顔を凝視して調べてゆくのだ。日本兵は、みな見分けがつかぬほど痩せて日焼けしていた。当時の状況を「久留米第一陸軍予備士官学校」同窓の竹内途夫氏が語っている。

「竹内＝私も二十年の二月、アピからウエストンまで行き、ブルネイに渡ったが、どの駅でも痩せ細った、ボロボロの防暑服をまとった日本の兵隊が、腰を下ろして俯いている姿をよく見かけたが、（略）全然顔に生きているといった色がないのだ。顔に汗でも流れておれば生彩といったものが感じられるのだが、一と月も二た月も野山を歩き通しでは、汗腺が開きっぱなしで汗をかかなくなる。それに強い日光に晒されてどす黒くなる。生きている屍を見るような感じだった。こういう兵隊が、はち切れるぐらい肥え太った英濠軍を相手に戦ったのだ。」

（『日出生台の青春』平成九年十一月刊）

森澄雄「青池秀二覚書」より。

「南国の青い澄み切つた空が、まだ昏れきれぬうちに、真赤な太陽が落ちかける。此の巨大な球塊は水平と地平に向つて抵抗し、灼熱する。やがて野火のやうに眞紅の火炎は水平線を走り、擴がり、炎上し、南方特有の壮麗な夕焼が始まる。（略）激湍し、奔騰し、半天を覆つて燃え尽し、再び洋々たる大洋の様に静かに、長い時間かゝつて色褪せる。（略）露草の様な夕空が擴がる。まるで壮麗な耳を聾するシンフォニーだ。僕等は呆然と我を失ふ。やがてこの壮大な音楽が、刻々美妙なその音階を変へながら消え了る。僕等もホツと我に帰る。その空虚に痛切な思ひで郷愁が蘇へる。」

（「寒雷」昭和二十五年一月号）

昭和二十一年四月六日、アピの港に航空母艦「葛城」を改造した帰還船が入港した。船腹に日の丸の国旗が大きく描かれていた。それを見て、声をあげて泣く捕虜もいた。森澄夫二十七歳。故郷長崎はfinish（お終い）と英軍将校から聞かされていた。八日出港。サイゴンを経て四月二十四日、広島県大竹に復員した。

森澄雄・金子兜太対談「鮮烈なる記憶」より。

「森＝戦後というのは、いっぺんにひっくり返った時代です。復員船の中で、雑誌に『民主主義』なんていっぱい書いてある。いままでなんとかいってた思想家はみんな引っくり返って民主主義を唱えている。（略）

森＝戦争責任といわれりゃ、ぼくら戦地へいった人間は、ある種の引け目をみんなもってる。そして、日本が戦っている以上、何とかしなくちゃという気持はもちろんあるしね。戦後になれば戦争は全部悪かったということになるわけだけれども、いってみりゃわれわれは戦争に引っぱられたほうだし、被害者なんだけれども、単純にはそうはなれないわ。罪無き者在りや、そんな感じだった。

金子＝楸邨先生も、もちろんぼくもそうだと思うけれども、アメリカ帝国主義と、同時に日本帝国主義の戦争だと。したがってここでつぶされれば、民族がつぶれるという不安がありましたね。アメリカが悪ければ日本も悪いという考え方ですから。」

（『加藤楸邨全集』月報　昭和五十五年）

大竹港を見たいと思った私は、平成十五年、師の復員された四月二十四日を選び、山陽本線大竹駅に立った。

私の書き抜きメモに、次の言葉が書かれてあった。

・大竹入港。廃墟と化した市街に林立する煙突からは、煙が全く出ていなかった。

・船尾を空中に突き上げたまま海中に没している貨物船。

（掲載書名、発行日、著者名など記入もれ。使用しないのが原則ですが、この文は大竹のイメージとして私の裡にながく焼きついていたので、借用しました）

しかし、降り立った大竹は、鉄路からフェンス一枚で片側四車線の道路を大型トラックが疾走し、左手にはコンビナートが正午の陽光のもと不揃いのようで、調和のある高さとメタリック一色の美しさで、目に飛び込んできた。

大竹港は何処にいった？　桟橋は何処へ消えた？

戸惑った私は市民会館を訪れた。応対した社会教育係の香川晶則さんは、即座に「案内しましょう」と自分の車を出してくれた。

香川さんのマイカーは、海べりの腰の高さほどの頑強なコンクリートの防波堤に沿って走り、「乗り入れをご遠慮ください」の柵の前でとまった。防波堤は遠く続き、覗くと下に一メートルほどの黒い砂地があり、わずかに寄せる波が感じられた。水平線はなく遠近に島と防波堤が見えて、思いがけない近さに江田島と厳島があった。目に染みる緑だった。五ミリほどにしか見えない赤い鳥居が、いとおしく思えた。

「あの建物が、かつての海軍潜水学校の通信指令室です」

指差された左手に、陸地よりかなり離れた海中に、それは廃墟としてあった。幾本もの柱の上に危うく乗っているそれは、黄土色のそっけないほどの四方形で、大きく抉られた窓が見えた。マッチ箱のような小ささであった。それに平行して海へと桟橋は延びていたのではなかったか。

香川さんは図書館まで送ってくださる道々、正面にある小高い山を「大河原山です。復員船を下りられた方は、最初に目になさったでしょうね」と言った。

図書館には求めていた資料が多くあった。たとえば「大竹市史・全二巻」、「資料編三巻」など。

その中から海外引揚げ者の項目だけをあげると、終戦時大竹町には、大竹海軍兵学校兵員十八千人、海軍潜水学校には七千人がいたが、逐次解散され、海軍兵学校は引揚援護局に、海軍潜水学校は国立大竹病院となった。引揚げ者数四十一万七百八十三名。主として南方からだった。

引揚げから内地送還までの業務は、入港と同時に船内検疫、携帯品の取り調べ。上陸後は身体検査、予防注射が行われた。収容施設での期間は二日から一週間ほどで、その間に引揚証明書、俸給、その他の給与、旅費、衣料、日用品などの支給があり、そのあと、特別列車で帰郷した。

二枚の写真の前で、息を呑んだ。待ち望んでいた景であったのに、一瞬目を閉じた。「人竹港での引揚げ風景」とあり、説明に昭和二十一年頃とある。

貧しい桟橋を中央に、右手には屋形船ほどの艀が、海面すれすれの喫水線を見せて、六十人ほどの復員兵を乗せたまま、上陸待ちをしている。彼ら復員兵には荷はない。桟橋には上陸中の引揚げ者が、大きな荷を担いで出口に向かっている。左手奥には満載のボートが順番を待っている。

もう一枚の写真は、上陸した復員兵が、たぶん施設に向かう四列縦隊の行進写真である。

軍袴のふくらみで大腿部はわからないが、ゲートルの脛のあたりの何という細さだろう。彼らの足下に落ちた正午に近い濃い影も細い。ほとんど手荷物一つで、俯いて、しかし大股の乱れのない行進。


東京に戻ると、すぐに森家を訪れ、復員兵行進のコピーを差し出した。

「見たとき、先生？　と、一瞬思いました」

コピーを見るなり師は、小刻みに首を振り、叫んだ。

「ガウ」

それが「違う」と言われたのだと気づいたのは、一呼吸ほどの間をおいてだった。私も叫ぶように応えた。

「違うことは、わかります。こんなに誰でもが痩せていた。みんな頤が細いですよね。しかも有色人種です。戦犯の首実検で正当な人を選べたかどうかです。それにしても、先頭のこの方、森中尉の面影があります。毅然としています」

藍染の作務衣を反映させてか、やや青みがかった顔色で、師は力なく笑ってから、言った。

「格好良いか？」

ユーモアめいた口調だが、不自由な左手が震えていた。

「ええ、まあ。でも、悲しいほど痩せています」

「奇跡の生還と、だれかが言うとったが、悪性マラリアの再発でふらふらしとった。先頭を切っては歩けんよ」

と言って、すっと背筋を伸ばされた。私は話題を変えた。

「大竹から長崎へ、私、鈍行にのりました。〈車窓新緑故山に向ふ〉を口ずさんでいました」

あの日、資料のコピーをリュックにつめて、長崎に向かった。車中では、ときおり枝先が窓に触れ、鋭い音をたてて去っていった。この、窓一面の新緑の出没は新鮮だった。林を抜けると、紺碧の海が展開した。


昇格し中尉となった森澄夫の「引揚證明書」には、本籍＝長崎縣長崎市本博多町四〇。引揚前ノ住所＝北ボルネオ　ゼッセルトン。職業＝軍人。給與金品記載欄には、握飯＝壹食のほか記載はない。「昭和二十一年四月二十四日大竹港上陸セルコトヲ證明ス」とある。余白に、225.00paid　持歸金と手書きで記入されている。

以下の異動證明書は印刷である。
一、本證明書ハ異動證明書ニ代ワルモノデスカラ落着先、市區町村役場ニ提示シテ轉入ノ

手續ヲシテ下サイ

二、内地通貨ノ交換ヲスルトキハ本證明書ヲ銀行ニ提示シテ下サイ

三、上陸地ヨリ鐵道ニ乗車ノ場合ハ乗車驛ニ本證明書ヲ提示シテ引揚乗車票ノ交付ヲ受ケテ下サイ

四、應急用主要食糧特配購入券及應急味噌醤油特配購入券・之ヲ切取ラズニ最寄ノ食糧營團配給所又ハ味噌醤油配給所ニ提示シコレト引換ニ現品ノ配給（有價）ヲ受ケテ下サイ

五、應急主要食糧特配購入券及味噌醤油特配購入券ニ出張所長ノ印ナキモノハ無效デス

（注）四の・印は折り擦れのため判読不能。紙は上質の和紙だが、かなり持ち歩いたらしく、毛羽だっている。

故郷をうしなった砲兵中尉森澄夫は、あてのないままに大竹の復員局に十日ほど滞在したが、乾パン七日分と現金六百円をもらい、プルトニウム原子爆弾の投下で壊滅した、ふるさと長崎へと帰還した。放射能の強く漂う市内を約三日流浪したが、瓦礫のなか森家は影すらなかった。だが、偶然にも知人の医者と会い、佐々木歯科の屋根裏二階、四畳半に借り住いしていた父母兄弟に再会した。後年白血病で亡くなる弟雅彦は、罹災者救助のため医師をし

ており、妹貞子は、原爆症で髪が抜け、薄い頭髪をしていた。

大部分の蔵書が原爆の灰燼に帰した中で、あの楸邨の句集『寒雷』とヘッセの『画家の詩』が持ち出されていた。


貞子さんの兄についての話。

「終戦から九か月、軍人さんがみんな帰って来なさったのに、兄ちゃん帰ってこんけん諦めとった。戦死の公報もこんし、遺骨も還ってこなかった。父母はとても心配しとったが、口にせんかった。戦死と思っとった。(生還したのは)夕方だった。すごい痩せようだった。父母の喜びかたは、ひどかった。

よく生きて帰ってきた。マラリアに罹っていて、何枚着せても着せてもガタガタと震えていた。

二た月あと、父と兄、私、吉村さんで、漁村の為石村で暮らした。父は歯医者さんで私は手伝ったけれども、兄ちゃん、『寒雷』ばっかり読んどった」

川崎展宏「試論森澄雄」より。

車窓新緑故山に向ふうづくまり

「この『うづくまり』は重いのである。言葉は荒れていた。ようやく探しあてた家族は、屋根裏四畳半に八人の生活であつた。澄雄は一時、父と妹を伴つて長崎市郊外の漁村為石村に移り、父を助けながら戦病を養つた。為石村は無医村であり、父は歯科医であつた。

春暁のものの香にある机かな

澄雄はまず、ものを観ることから始めた。為石村の一年余り、作品は殆ど無かつたが彼の声は調つてきた。（略）

俄かにもたらされた民主主義風潮の中に、澄雄は『碧巌録』を読んでいたという。彼は後に波郷論（昭和二十三年）で次のように書いている。

『仏教は僕等に人生の無常迅速を教へ、僕等は如何にもさうだといふ風に観念する。だが、仏教の、或ひは僕等の観念する無常迅速より、本当にやつて来る人生の無常迅速はいつも少しばかり無常迅速なのだ。』

その無常迅速が一句を貫かねばならぬというのである。浦上原爆の地に市営の小居を得、ようやくにして俳句への志向は動かし難いものとなつた。当時、寒雷は、原子公平・安東次男・菊地卓夫・金子兜太等構成的な句が目立つていた。」

（「寒雷」昭和三十五年六月号）

ふたたび松崎鉄之介の「森澄雄と戦争体験」より。

「澄雄の作句活動は昭和十五年『寒雷』創刊に始まり、伸び盛りの二年後昭和十七年から二十一年四月までの全くの空白は、彼に作句技術の進歩をもたらしていない。したがつて戦後の彼の作品は決してうまいとはいえない。（略）出征中の極限までの体の酷使は腎炎を患らわしめ、どうしようもない状態に彼を追い込んでしまつたのである。帰還後社会人としての人生の一歩を踏み出す上に大きなハンディを背負わされてしまつた。」

（「俳句」昭和四十三年四月号）

葱煮るや還りて夢は継ぎ難し

11　結婚

久保田月鈴子「森澄雄鑑賞」より。

焦土の辺晩涼は胸のあたりに来

「この句浦上の焦土に立つて戦後の再出発をあれこれと模索する森澄雄の感懐を描いて余すところがない。

これは爆心地浦上の昭和二十一年の夏の終りである。〈晩涼は胸のあたりに来〉の実感はまさに惻惻とむねに迫るものがあつたのではあるまいか。

だが、まだ森澄雄の前途はきまらない。初期の作品の中で私の好きな次の句がある。

蟷螂の立木と思ふ吾に寄る

悲しみの中にそれを突き抜けたユーモアがある。取り澄ましたところのない森さんは句会などでも何時も笑いの中心にいるが、森さんのユーモアは自分をしつかりつかんだ孤独の魂から生れている。突拍子もなく『俺は浮気がしたい』などと満座の中で叫んだりしてみんなを笑わすが、そんなときに反つて森さんの孤独な作家の魂がのぞかれるような気がする。」

（「寒雷」昭和四十二年十一月号）

帰還《かへ》りきて春暁の目覚め早かりき

昭和二十二年（一九四七）四月一日、長崎県庁外務課の嘱託となった。進駐軍との折衝と通訳である。弟の輝彦も通訳をしていたが、戦争という修羅場の体感を拭いきれずにいた森澄夫は、やっと得かかった平穏な日常から、勤務とはいえ米兵との折衝は、逃げ場のない不安と焦燥の刻であった。また、帰還したことも死者にたいしての負い目であった。辞職はかなり難航したという。

五月十日、富永寒四郎の勧めで、佐賀県立鳥栖高等女学校（現、佐賀県立鳥栖高等学校）の英語教師として赴任した。

同僚に体育教師の、東京女子体操音楽学校（現、東京女子体育大学）出身で、国体の弓道で全国優勝の内田アキ子がいた。のちの森澄雄夫人である。二十日ほど宿直室で暮らした後、麓村（現、鳥栖市）に下宿した。

大村蓼彦居にて富永寒四郎とはじめて会ふ

寒四郎会へば夏痩にあらざりき

富永始郎（寒四郎）「戦後の澄雄」より。

「二十一年の私のメモによれば八月二十一日から二十三日にかけてのことで『三人鼎談二泊三日、一と間に籠りて談つきず』とある。これについてはさらにその前に楸邨先生から『長崎に森澄雄が帰還している、是非逢われよ』との便りをいただいていた。初対面の森は茶色の陸軍の将校服、襟と肩章を剥ぎ取った丸腰姿が印象的だった。やはりマラリアの予後で健康的ではなかった。『寒雷』は二十一年一月号を以って戦中終刊となり、当時我々はその復刊を待って飢える思いであった。」

（「杉」昭和五十二年十月号）

ふたたび「森澄雄と戦争体験」松崎鉄之助より。

斑猫の飛ぶに遅るる流離の荷

「昭和二十二年佐賀県鳥栖高女に職を得た彼は先ず宿直室で暮らした。鳥栖高女で彼に最初に会つた様子をアキ子夫人は『まず、宿直室に布団袋がとどき、翌日油絵具のついた背広（軍服の仕立て直し）の一張羅を着て戦災浮浪児が現れました』と述べている。今だからこそ奇異な感じもするが、その当時としては大方の罹災者の姿である。それにしても『流離』という言葉は如何にも似つかわしくない、長崎と佐賀では流離という距離感が出てこない。しかし、腹をへらして飄々と歩いて行く自己を客観視したとき、南溟の戦場での流浪の姿がそれに重なつて来るのではなかろうか。」

（「俳句」昭和四十三年四月号）

新教師若葉楓に羞らふや

森澄雄「古い写真」より。

「小さな町の女学校に富永君のすすめではじめてぼくが職をもったのは、ボルネオの戦野から帰還して一年長崎で戦病のマラリアを養ったあとの、昭和二十二年五月から、結婚して駈落ちのようにして上京した翌年三月までの僅か十一か月であった。敗戦直後の荒茫の時代、食糧にもとぼしく、給料も新円で抑えられていた頃で、原爆の長崎からボルネオの野戦以来の軍服をわずかに背広に仕立て直して赴任したときは、早速生徒に戦災浮浪犬という渾名をつけられた。ただし犬種はポインターだという。

（略）当時もう二十九歳になっていたぼくにも、初々しい女学生たちに囲まれた新教師としての少しまぶしいような羞らいがあったのだ。窮乏のうちにも不思議に明るい戦後の解放感とともに、今思い出してもこの田園の学校には『石中先生行状記』のような牧歌的な明るいユーモアがあった。

　職員会議のときは、たいてい学校の菜園でとれたジャガイモやサツマイモのふかしが用意されたが、そんな会議のある日、民主主義と方言とどんな関係があるのか、校長から突然「民主主義になったのだから、生徒の方言は止めさせようではないか」という提案があり、さてどうするかという思案でみんなが暫らく黙っていると、たまりかねた校長が「どぎゃんかした」という催促が、そのまま哄笑になって終わったこともあるし、またヴェルレーヌの上田敏訳の『落葉』の詩を生徒に『秋の日ギオロンという人が大変かなしがっていた』と名訳をつけた国語の先生もいた。それに教科書もろくに揃っていなかったせいか、教科は午前中で終わり、午後はたいてい競技や運動で過ごした。運動場いっぱい跳ね回るブルマー姿の娘達の生き生きした健康な肢体は、ボルネオで肌黒い現地人ばかり見てきた二十九歳の独身者には少々刺激的でまぶしかったといってよかろうか。（略）

　当時配給だけでは足りなくて困っていた煙草を、毎朝誰とも知らず職員室の机の抽出しにこっそりしのばせてくれた娘たち、運動のあと宿直室の傍らの井戸水で汗を流していると、わぁっとやってきてポンプを汲み、洗濯石鹸でゴシゴシ頭を洗ってくれた娘たち——

（略）

　さて、この牧歌的な田園の学校生活の中で、いつ、どういう風に家内と親しくなったのか、あるいは体操教師をしていたそのブルマー姿がやはりひどくまぶしかったのかも知れない。」

（「俳句」昭和四十六年六月号）

松風や俎に置く落霜紅《うめもどき》

「ぼくは、英語を英語で教えたりしていたが、君たちは英語が必要か、将来アメリカ人と結婚するのかと聞くと、そういうことはないと言うんだ。だからよく小説を朗読したりしていた。また授業で『どん底』『シューベルト』などよく映画に生徒を連れて行った。その頃、女房と仲良くなっていたので、職員会議で、学校で接吻するなと言われたり……。」

（「東京句会報」、「杉」平成十一年九月講話より）

鰯雲梨の高値に旅愁なし

職を求めて急遽上京、怱忙三日にして去る

昭和二十二年十一月、森澄雄は東京での生活を決意した。かつて昭和十七年、卒業にあたり、入社試験を受けたのは東京であった。東京は憧れの地であった。加藤楸邨と「寒雷」の在る東京。尊敬する石田波郷の、句集『大足』の懐手をした写真の背景は一高前駅（現、駒場東大前駅）だ。上京して俳句を作る夢は消えることはなく、麓村にあって見る月は、配所の月の心境そのものだった。そこで、「寒雷」の友人青池秀二を頼って上京。青麦畑の拡がる練馬・大泉の秀二宅に泊めてもらった。十二月、腎臓を病んだ。

紅梅に牛つながれて泪ぐむ

昭和二十三年三月二十三日、森澄夫・内田アキ子は、麓村のアキ子の実家で結婚式を挙げた。婚姻届け出は、二十七日「菜の花が咲く中を甘木まで二人で自転車を漕いで」いった。旅行は雲仙。そして青池秀二の尽力により、四月一日付で青池の勤める東京府立第十高等女学校(現、豊島高校)に赴任。俸七百円。トランク一つの上京であった。

「森澄雄の結婚・上京には『駆落』という伝説が作り上げられているようだが、そうではない。富有な材木商を営む夫人の実家、特に実兄が末妹の将来を思つて貧乏教師との結婚に反対したのである。『チチ(澄雄のこと)が、そのころのことを大げさにいうから、伝説みたいになるんです』といつて、夫人は一葉の結婚写真をみせてくれた。澄雄があどけないといえる顔で呆然と立つていて、傍らに御所人形のような夫人が腰かけている。澄雄のモーニングは寒四郎からの借りもので、手にしているのは軍手だと夫人が教えてくれ

「森澄雄の生活と作品」川崎展宏より。

た。夫人の正装は本物で、それも東京で売つてしまいましたと、ちよつと惜しそうであつた。伝説は、反対を押し切つて結婚し、上京後の生活がひどかつたところから、それを澄雄が諧謔を交えて話すものだから、いつの間にか『駆落』という風に伝えられたものだろう。」

（「俳句」昭和四十三年四月号）

「森澄雄鑑賞」久保田月鈴子より。

「白鳥夫人は俳句の上だけでなく現実にも森さんの恋の相手となつて長崎から駆落ちをしたのである。この通説には森さんの方に若干の異議もあるようだが、事の起こりは、知世子さん（加藤楸邨夫人）の作品、〈恋の記憶を藪にいざなふ松虫草〉の前書きに『蛭ケ野高原にて、白鳥亭主人より駆落ちのことをきく』とあつたことからである。

詩人の村野四郎氏はこの句の鑑賞を、

――ここは蛭ケ野開拓高原。もう秋がふかい。『本当に無茶でした。二人は夢中で、まるで、けもののように、この辺を一緒に逃げました』と、その人は言いながら、先に立つてゆかれた。このあたり、何もかも蔽いかくした秋の深い藪。でもその蔭のあちこち、小さい松虫草の青い唇形の花が、遠い恋をつげるかのようである。――

と書いている。この二人が森澄雄と白鳥夫人。誤伝かどうか別としても何と素晴らしい道行きではなかろうか。」
（「寒雷」昭和四十二年十一月号）

〈注〉白鳥夫人の由来について――。

昭和二十八年十二月二十六日。埼玉大学忘年俳句会の折、模造紙に寄書をした折の〈除夜の妻白鳥のごと湯浴をり〉の句に困る。

原けんじ「永遠の青春性」より。

除夜の妻白鳥のごと湯浴みをり

「昭和二十八年三十四歳。澄雄作品中、最も著名な句といっていいか。この作により自宅を白鳥亭と名づけるほどの世評を得た。（略）自解にもあるが、いわば座興での戯れの句であり打座即刻と自らも認めている。眉間に皺を寄せたような苦渋の作よりは仲間うちでの談笑の場で胸襟を開いた句が意外と評判を得たりする。この句などその代表的な例だろう。」
（「WEP俳句通信」69号　平成二十四年八月発行）

石原八束は「今日の人・明日の人」（「俳句」昭和四十三年九月号）で、アキ子夫人について、「森の愛妻抒情俳句は、弓道四段、柔道二段の腕をもつ夫人の弓心的愛情の『羽交い締め』によって生まれたものだ』と書いている。

話はそれて時代は先行するけれども、私の知るアキ子夫人について二つ三つ述べると、小柄で童顔の夫人にお会いしたのは、夫人五十五歳の秋であった。

訪れたとき、短パンに素足で屋根を越す柿の木の上におられた。驚きのあまり、挨拶の記憶はない。覚えているのは、次の一瞬、するりと屋根に飛び移られたことだ。

秋の陽の下、枝に残る紅葉は逆光で透けて見えた。丸い柿の実は渋い朱色の影になっていた。その中を白い放物線を描いた肢体は残像となった。私は口をあけて見上げていた。と、小肥りの健康な体はすっと背筋を伸ばした姿勢で、大きな籠を抱えて、梯子を下りて来られた。

「チチ、千田さんよ」

室内に向けて叫んでから、「バックナンバー揃えておいたわよ」と私に言い、あどけないような笑顔を向けられた。

また、いつ伺ってもアキ子夫人は料理の間、たえまなく歌曲を独唱しておられた。師澄雄はその声を背中に原稿を書き続けられる。ちょっと最初は驚いたが、夫人が話しかけられると、森澄雄はペンをおいて、じつに良い笑顔で応じるのであった。

手料理の味もデザートも美味であった。しかし、デザートの和菓子やケーキの形態については、師はいつも「あら、むざんやな」と言われた。かならず貶した。

ある日、古参の同人が「先生のは、くさしお惚気。信じてはいかんのですよ」と、私に教えてくれた。さらに、

「旅の一日めは、夫人をしきりに貶すのです。あれは口にでもしなければ、淋しいのでしょうな。二日めになると俳句に集中。もう夫人のことは、口から出ない」

「はい。以後、笑って頷くことにします。今までは真剣にちょっと哀しく思いながら、伺っていました」

と私は答えた。私はどちらかと言うと、師よりもアキ子夫人のほうが数倍好きで、尊敬していたのだ。


森澄雄六十二歳のある日。講座ではいつもながらの厳しい選評であったが、帰りの車中では坐るなり肩を落として、大きくて長いためいきをつかれた。顔色も青ざめていた。同行二人の弟子は困りはて、隣席があいても離れて立っていたが、呼ばれて坐ると、ぼそっと呟かれた。

「女房が風邪引いとんのよ。声が出んのよ」

声が出んのよのところを、かすれた声で表現された。

ある日。これも、ＮＨＫ俳句講座の帰りのことだった。昭和五十七年秋に、師は脳梗塞で入院。以後、同人の菊地一雄さんが講師をされたが、五十八年にはふたたび教壇に立たれた。往きはアキ子夫人が付き添い、帰りは師澄雄とかつては豊島高校での同僚で、今は弟子となった岡茂子さんと私が、大泉学園の駅まで見送ることになった。

アキ子夫人は池袋からの電話で駅前で待っていらした。三人を認めると小走りで近寄り、人の行き交う中、夫だけを無言で見つめた。澄雄もアキ子夫人だけを見つめた。この世は二人だけ、といった、静止のままの見つめ合いはとても長かった。と、夫人は、満面の笑みを浮かべると澄雄のネクタイの歪みを直し、一歩さがって全身を眺めたのち、肩を寄せた。そこで、やっと私たちに向かって明るい、いつものソプラノで歌うように言った。

「チチをありがとう」

私はそのとき、高齢者の恋愛小説を書くときの参考になる、と考えていた。うん。夜九時の郊外の駅前！と。

しかし、岡さんは違っていた。低い声で、独白のように、

「このあいだの麓句会で、先生言ってらした。復員後、博多からの混んだ車中で、お荷物は膝の上に、と放送されて、そうだ！一生妻を大事に膝に載せていこう。そこで単独上京か

ら結婚にふみきったと。でもね、俳句となるとね」

岡さんは一呼吸おいてから続けた。

「森先生も私も三十代の頃だったわ。幼い鮎さんと洋ちゃんの手を引いて、夕方アキ子夫人がチチ来てませんかと訪ねてきたことがあるの。先生は俳句が一番大事で、子供の病気も、自分が熱があっても、句会となると出かけてしまう……、と」

「うちは母子家庭だったと、子供さんのだれかが言ってらしたわね」

「俳句に心を奪われた夫を、愛し続ける。せつないわね」

青麥に旅立つ牛に笑はれて

師がつねに話し書かれる、一貫した俳句への思いは、

「ぼく自身は戦争から帰ってきて、非常に無残な体験をしただけに、最も平凡な人間として生きようと思いました。幸い命を拾って帰ってきたんだけれども、あからさまな大きな思想ではなくて、最も平凡な、つまり女房をもらったら女房を愛し、子供ができたら子供をいとしみ、そしてまた小範囲だけれども付き合う人々ともいとしみ合って生きていこうと」

（「私と俳句」、「俳句」平成六年二月号）

「寒雷」発行に関係の深かった、青池秀二・久保田月鈴子・森澄雄・和知喜八・野間郁史による対談「これから」の中から、師澄雄の上京当時の発言のみを抜粋。

・戦後の作品はがらつと変つて目がくらむ様に華やかなんだ。おれは帰つたばかりで、俳句は忘れてしまつて、とても追いつかん。悲しかつたね。

・戦後東京へ出て来て最初にみんなで函南へ行つた。楸邨の『火の記憶』が出た時だ。同人が殆どでおれは同人じやなかつた。俳句はちつとも出来なかつたが、皆は作るし悲しかつたね。当時「寒雷」の主流の人たちが作つた、ああいうものは出来ぬし、ええ糞、噛みつくより方法がないと思つたんだ。だから方々に噛みついた。勿論自分にも噛みついてそこから立ち上がろうと思つた。（略）田川飛旅子なんかも髭をはやして組合の仕事をやつていてファイトがあつた時代だ。（それに対し青池秀二が『楸邨も組合の文化部長か何かやつていた』と応えている）

・立ちおくれには違いないが口惜しかつたね。

（「寒雷」昭和三十五年二月号）

座談会「寒雷の戦中・戦後」秋山牧車・久保田月鈴子・森澄雄・矢島房利より。

「矢島＝しかし、森さんが編集している頃は、若い連中がしょっちゅうお宅に押しかけていって、だけど、手伝わなかったね。僕もしょっちゅう泊まり込んだりしてたんだけども、校正なんて手伝ったことないですね。

森＝校正が出ると、おおかたその日にすますので、結局、家庭全部がそれに巻き込まれますね。

久保田＝そういうことなんだよね。目下僕や矢島君でも、実は女房がやっているからつとまってるんでね。

森＝しかし、編集をしたおかげで、先生ともいちばん近いわけだし、それに真っ先に先生の作品見ることができるんだから。そういう意味では、一番勉強ができるんじゃないかな。

秋山＝結局、編集やった人間は、一人残らず俳句が好きで、楸邨が好きで、『寒雷』が好きで、それで、報酬もらおうなんて、そんな考えの人間は誰もいないよ。それだから保ってきたんで。」

（「寒雷」昭和六十年三月号）

蒼茫と春の颷《はやて》に富士かすむ

12 河童庵

秋草や焼跡に父何を食ふ

昭和二十三年（一九四八）三月。あわただしく上京した森夫妻の新居は、焦土と化した東京の郊外、西武線江古田駅に近い、旧制の府立第十女子高等学校の作法室であった。戦火をまぬがれた天井は高く薄暗く、戦争中、簡易防空壕として畳をあげていた状態の床板まる出しの部屋が、新任の森澄夫に用意された教員宿舎だった。しかも、雑居（相部屋）であった。

そこは、人呼んで「河童庵」。入口に目隠し用の衝立があり、そこに詩人の那珂太郎の戯筆になる「河童の図」と、「ここを入れば悲しみの門」という讃が施されてあった。

住人は、伊賀上正俊、那珂太郎、森澄夫夫妻。

伊賀上氏は「那珂太郎とは戸棚一つを、森さんとは襖一重を隔てていた。（略）那珂太郎は、すごく大きな床の間と違い棚を背にして三畳ほどの薄縁に端座しミュゾットの館の糞づまりのリルケかなんぞみたいに、ひたすら静謐の中に浸つているようであつた。時々奇声を発して長い頭髪をかきむしる癖があつたが、その格好はなるほど少しおかしくなつた河童にも似ていた」と「『森澄雄俳論集』の周辺」、「杉」昭和四十七年四月号に書いている。

〈補〉入居のおり、アキ子夫人を「妹です」と澄雄は相部屋の住人に紹介した。すぐ発覚する嘘を、である。

ふたたび、松崎鉄之介氏「森澄雄と戦争体験」より。

「(現)都立豊島高校の作法室での生活は、壕舎住いの残つていた時代であつても新居としてはあまりにもうら悲しいものであつたろうが、戦争の酸鼻な経験を持つている彼にとつては何とかなると極めて野放図で解放感を味わつていたであろう。

腹へつてしたしや霧の犬を見る

移動証明の未着は食糧の配給が得られないばかりか、職を得ても正式な採用とならず一銭の収入もない期間が三ヶ月も続き、知人の好意による葱と筍を唯一の命のかてにした生活が何日続いたのであつたろうか。戦場での体験がなかつたら、今日の澄雄の存在はなかつたかも知れない。また腹がへると兎角人間は腹立たしくなるものを「したしや」と犬によする愛憐の情は、戦場で麻痺した頭に、次々と倒れて行つた兵の死をじつと見守つてやることが、その時の生ある者の死者に対する最大の追悼の表現であつた如く、彼のヒューマニズムがなさしめた行為である。」

（「俳句」昭和四十三年四月号）

塩絶つて鶏頭に血を奪はる〻

五月、アキ子夫人は腎盂炎を病んだが、幸い入院にはいたらなかった。だが七月、森澄雄も腎が悪化して、以後、一年有余病臥することになる。

夏休みを九州、三奈木村（現、朝倉市）で療養中に、「石田波郷論」を書き始めた。帰京後の十月、聖母病院に入院するまでになったが、そのまま書き続けた。それは、〈霜の墓抱き起されしとき見たり　石田波郷〉の句に波郷の見ていたものが、自分にもありありと見えたからだ。聖母病院での入院はひと月と少し。経済的に限界がきていた。靴を売り、花嫁衣装も売り、河童庵で病臥している日々となった。そのような中を書き続け、原稿用紙二十四枚の「石田波郷論」が十二月十二日に書き上がった。

一方、波郷は、五月、都下清瀬村国立東京療養所に入所。病状ますます悪化。膿胸、腸結核、中耳結核併発。十二月二日には、右第五〜第七肋骨切除の成形手術を受けていた。

詩人那珂太郎氏『木洩れ日抄』より。

「當時（昭和二十三年）しきりにあつた停電の夜など、蠟燭の燈をたよりに深更まで自分の書いたものを互に朗讀し合つたりしたのだつたが、その頃彼が病床にあつて、身を削るばかり苦しみながら書くのをまのあたり見た（略）そこで森さんは波郷の〈霜の墓抱き起されしとき見たり〉の句を擧げ、作品が現實を先取りするおそろしさを、縷〻のべてゐるが、いまふり返つてみて言へることだが、あのとき、彼は波郷と自分をかさね合せて、おのれの死を見つめ、死を覺悟してゐたのに違ひなかつた。文學論と人生論とを辨別しない、といふ所に、彼の俳句も文章も立つてゐる。」（小澤書店　平成十年六月刊）

川崎展宏氏の「試論森澄雄」より。

「〈霜の墓抱き起されしとき見たり〉に澄雄は、はつきり危険を感じていた。（「石田波郷論」）波郷にとつては死神から目を放さぬことがこれにうち勝つ唯一の方法であつた。『惜命』の世界はこうしてうち立てられたのだが、その世界は俳句史において、誰かが使命を帯びて担わなければならぬものであり、結果からいつても波郷が描ききつてからは、もう誰も入る余地のないものであつた。『霜の墓』の句に感じたものを澄雄自身が愕然としてよみ終えたときには、澄雄の方は危なかつたのである。しかも、病状最悪のとき、アキ子夫人は身籠つていた。」

（「寒雷」昭和三十五年六月号）

校医であり、武蔵野病院の榊原老院長が、自転車に乗って往診に来て、注射を打っていた。時々その場に居合わせた那珂太郎氏と伊賀上氏の河童庵住人は、神妙な顔をして眺めているのであった。

伊賀上正俊「『森澄雄俳論集』の周辺」より。

「〝はるさめ〟とか〝すいとん〟で露命を繋いでいた頃とて、この河童と四国生まれの子猿とは、毎晩のごとく肩を組んで、『森さあん、紅茶をのみましょう』などと言つては、若き腎芭蕉の枕元に座り込み、白鳥夫人を脅かすのである。そのうちには、乳児用配給のミルクまで吸い取る始末である。病芭蕉といえば、顔も足も青く浮腫んで、『ほれ見てみんば』といつて指で抑えて見せる。凹んだままなかなか元へもどらない。そんな按配であつた。チャップリンのような歩き方で長い廊下の端から、よたよたと戻つてくると、ビーカーに取つた液体に試薬をたらす。『どう？』『あかんばい』そんな日が続いていた。聖母病院に入院した時には、ひよつとするとと思つた。（略）

榊原老院長は、俳句を嗜んでおられたので、一晩その句座にわれわれ三人を招いてくれた。選句披講の段取りとなり、さて俳号は何とおつしやいますか。あの――らんぼおと言います。え?どんな字で……あゝ、乱れる芒なるほど。それから……瑠王です。告桃です。などと名乗つてしまつた。僕は一点も入らなかつたけれど、乱芒（那珂）と瑠王（森）はいくばくかの点数を稼いだ。僕は翌日、クラスの生徒にさんざんひやかされた。生徒の父親が一座の中に居ようなどとは……（略）

森澄雄は、この頃小康を得たりすることもあつたが、しばしば絶望に捕われ、焦燥し、暗澹とする日が多かつた。『先生、どぎやんかならんもんでつしようか。』と思わず訴えたものである。その時老先生、清ました顔で『あなたのような病気は〝神経性無力症〟というのですからなあ。』と言つてのけた。さすがの瑠王さんも一本とられて唖然としていた。しかしこの名診断は意外に効き目があつたと見えて、森澄雄はこの頃から次第に気力を取りもどしていつた。

河童庵には島尾敏雄、眞鍋呉夫などが訪れ、（書肆ユリイカの）伊達得夫はしばしばあの長い顔をニヤリとほころばせ、山茶花の植込みをくぐりぬけ、中庭の縁側の窓からのつそり入つてくるのであつた。ユリイカの処女出版詩人である那珂太郎の『ＥＴＵＤＥＳ』がこうした中から生まれ、続いて森澄雄の『雪櫟』も出ることになる。河童庵内芭蕉部屋には、妹御が看病に見えたこともあるが、また居候の類もあつたようだ。不埒な隣人のみならず、こうした人たちを、森夫妻は、実に快く迎え入れ、世話を惜しまなかつた。『横臥のまゝ文学を論じ、時に激した』と川崎展宏氏がどこかで書いていたが、文学の西も東もわからぬ、ふにやふにや男の頭上の闇を、九州男児の激語が飛び交うたこともある。彼等は二人とも不正・不純に対する激しい憤りは持つていたが、めつたに怒りを外に表わすことはなかつた。この時は、文学についてであり、同時に生と死についてであつた。

僕は此の庵で、小林秀雄も、ボードレールもマラルメも、ヴァレリイも、カロッサも、ニイチェも、ドストエフスキーも、またモオツァルトも、モジリアニもすべて習つた。だが文学に生きようとするこの二人の詩人のかなしみと覚悟とをまねぶことが出来たであろうか。」

（「杉」昭和四十七年四月号）

妻出産のため単独入院わが病状最悪の時なり

霜夜待つ丹田に吾子生るるを

「東京より」寒四郎宛書簡　昭和二十四年二月八日。

「小生、年末より再び悪く、今注射を三本打つてゐる。蛋白はやゝ増加の状態。浮腫に對する應急療法はあつても、腎臓についての處置は現代醫學を越えてゐるらしい。治ることに間違いないと思ふが、長びくので生活上の覺悟をせねばなるまいと思ふ。来月親子三人でこの部屋で寝るのはみじめだ。楸邨先生から書を以て病狀を見舞はれた。二十九日赤坊男子生まれた、母子健在、名は森　潮とした。僕は相變はらずねたきり、句作も暫く休まねばならぬ。（略）毎日無爲に煎じ藥をのんで、ねてゐる。」

（「偏西風」昭和二十四年二、三月合併号）

〈補〉潮の命名は、加藤楸邨による。

冬雁や家なしのまづ一子得て

長男潮誕生

澄雄は「アキ子は、一人でリヤカーに布団を積み江古田の阿部産婦人科に入院。無事男の子を産み、七日後にまたリヤカーを引いて河童庵に戻った」と書いている。だが、妹の貞子さんは異議を申し立てている。貞子さんの話。

「潮ちゃんの生まれる一週間前に、戦後の混んで座る席なんかない、粗末な汽車に乗って、長崎を朝発って、翌日の晩八時にやっと東京に着いた。アッ子さんと青池先生が（森貞子さんお迎え」って看板を立てて待っていてくれた。兄ちゃんは病気で寝ていた。『さわってみろ』と言うので、おさえてみると、二センチ指が沈むのよ。ぽこっとへっこんだ。

作法室の半畳をあけて、そこが入り口だった。二人の若い独身の先生には生徒さんが多く出入りしとったけれど、うちには、里見さんいう小使さん以外こんかった。

一週間くらいして産気づいたとき、リヤカーにアッ子さんを乗せて私が病院に引いて行ったのよ。そこんとこ兄ちゃん消去しちゃって、アキ子さんの美談にしちゃた。自分で勝手にストーリー創るんだから。作法室の入り口で七輪で御飯とお菜を作って、洗濯して。アッ子さんは私に炊事させといて、大きなお腹で、音楽室のピアノ弾いてた。

でもずっとあとで、アッ子さん夫婦喧嘩したとき、普通なら鳥栖の実家に帰るのに、長崎の（夫の）家に家出した。えらかねえ。普通ならできんことよねえ。

兄ちゃんから『すぐ帰ってこい』って電話あった。」

〈補〉この家出のことを、澄雄は「白鳥飛翔」という。父親澄夫のレシピは、毎回「キャベツのコンビーフ炒め」のみで、三人の子供から強い不満の声があがったとか。

焦土と化した東京の郊外。校舎の建つこのあたりは、一面の麦畑で、その麦の穂の上を浮くようにして二両編成の西武鉄道の電車が走っていた。そんな武蔵野の面影を残す東長崎の、立教大学の野球練習場から桜の千川堤の方へと横切つて行く、青池秀二・伊賀上・那珂・森の教師たち四人の長髪と軍服のコートをなびかせた姿は、女学生には格好良く映り、あっけなく娘たちの心をとらえたのであった。

戦後の自由解放の気と、復員後の教師たちの青春と、若い教師に対する女学生の憧れが重なった時代であった。

「今だからもう話せるのですが」とかつての生徒、津田明子さんは「あの頃」と題して書いている。

「当時正直にいつていかにも陽の当らぬといつた感じの先生であられました。森先生――と思うと先ず煤けた七輪が初期先生のトレードマーク。その影から背を円くして立ち上がる先生の御姿が目に浮かびます。眼鏡の中の瞳がいつも優しいのでした。潮ちやんを背負われたねんねこの白鳥夫人が、その頃はおしどりの様にふくらんで、いそいそといつも動いておられました。同じ河童庵の住人とはいえ妻子を養う森先生の御姿は当時いかにお若いとはいえ私達の目からは確かに一丁上りと見えるのでした。(略)

乱芒先生の文学の時間は緊張しました。張り詰めた空気の中で芭蕉を源氏を私達は所謂女学校のお講義より次元の上のものを確かに摑みとつたと思ひます。(略)三先生は一脈相通ずるものを持つておられます。青春の土壌を共有せられる故か、南国産の日本男子たる故か、しかし、その最たる共通項は文学者としての揺ぎなき心の高さであろうと思いま

す。私どもは幼い時に魂を洗われた思ひがいたします。」（「杉」昭和四十七年九月号）

露の猫吾が病床を一瞥す

河童庵同居人、那珂太郎氏の『はかた幻像』より。

「野良の子猫がいつのまにかわが河童庵に棲みついた。その名もアルチュウル男爵（何故『男爵』の稱號が付いたかは思ひ出せない）だと、その黒く濡れた鼻尖の感觸まで甦つてきて、胸の疼くのをおぼえるのだが、この子猫一匹すら當時の河童庵住人には養ひきれず、遂に女生徒の誰かの所に養子にやつたのだつた。

（略）戰後三年目、漸くのびのびと羽根を伸しはじめた少女たちの百花齊放の季節、軍隊歸りの二十代半ばの教師の方はといへば、衣食も乏しく、『修學旅行の時でしたか當時にしても少々異樣の風體の先生方をいぶかしげに見る車中の人を私達は睨み返したものでした。』と前記津田明子君は書いてゐるが、榮養失調狀態で、めいめい自分のことにかまけて、生徒に對してはとてもまともな教師などと言へたものではなかつた。

（略）私どもは、夜な夜な紅茶を無心しては病人の枕元に坐り込み、ときに深刻に、ときに輕薄に、議論したり冗談口を叩き合つたりした。これら無法な夜毎の客を、森夫人は迷惑がる気配一つ見せずにもてなして呉れ、いつもしんから明るく朗らかだつた。夫人は、長びく病ひに苛立ちがちな夫に對してもつねにさうで、（略）のちに澄雄が世に所謂『愛妻俳句』の佳品を數多く書くに至つたのは、まさに然るべきことと思はれるのである。」

（小澤書店　昭和六十一年刊）

蟻入れて終夜にほへり砂糖壺

ＮＨＫ俳句日曜講座の帰りは、四時半頃に池袋に着き、ときには三人が坐れる、始発の準急を待って乗車することがあった。先生六十二歳の、ある日。

同行者は、師のかつての同僚で数学教師だった岡茂子さん。岡さんが一緒のときは、豊島高校時代の話になることがままあった。

「もう三十年も昔になるんだなあ」

むかし話になると表情のやわらぐ先生は、さらにゆるんだ笑顔で続ける。子供のいない、童女と初老の顔をもつ岡さんは、静かに「そうですね」と少女の顔でうなづく。

「那珂くんが河童庵の廊下をスリッパの音を立てて戻ってきて、たぶんあの長い髪を掻きむしりながら『絶望だあッ』って叫ぶんだ。ぼくは病床から間髪を容れずに『何が絶望だッ』と声のかぎりを尽くして叫び返す。それからが論争。そして茶の時間。互いに相手を『論客』と言い合った。ぼくは二十代の最後で、那珂くんは二十七だったかかな？」

「那珂さんのスリッパの音は変化に富んでいましたね。河童庵に近づくにつれて高くこきざみで、ベタッ、ベタッ。職員室では緩やかなべたァ、ベターでした」

岡さんは音程をつけて、楽しげであった。

「ほーかね」と師は応えたが、ふいに振り向き車窓に目を移した。まれに見せる遠見の眼差しをしていた。

「虹だよ」

暮れなずむ東京の濁りのある空に、円柱のように虹の片脚が立ち上がっていた。

私はときおり「何が絶望だッ」の師の声音を、はっきりと耳にすることがある。幻聴のようであり、心鬱した日は、意識して呼び寄せている気がしないでもない。

車中がどれほどに混み合っていたか、師と岡さんとどのように別れたか、初夏か晩夏かすら曖昧なのに「何が絶望だッ」の幻の声は、どこか甘く柔らかく、青年の合い言葉のような含みをもって響いてくる。

平成二十六年六月一日　那珂太郎氏永眠　享年九十二歳

同年八月二十二日　松崎鉄之介氏永眠　享年九十四歳

教師・森澄雄としての横顔を見てみよう。

豊島高校の卒業生で「杉」の同人は、「白鳥の死」に登場する湊淑子さんのほかに、もうひとり山岸美甫さんがいる。彼女は昭和三十三年入学。翌、二年生のときの担任は森澄夫先生であった。

彼女との電話と手紙から。

「私の高校時代の先生の印象は、おしゃれな先生でした。修学旅行は松島、十和田湖、中尊寺の旅程でした。先生はこれがトレードマークの、トレンチコートに帽子。男子学生も真似てトレンチコートを着てきた生徒が何人かいました」

ところが伊勢湾台風の突然の来襲で、青森県内の野辺地を通過し次の千曳に向かっているとき、前方の山が土砂崩れ、後方の鉄橋は濁流で落ちて、列車が立ち往生した。

「片側が山で、片側は畑だったと覚えています」

遠くに人家がまばらにみえる真の闇のなか、列車は三十時間孤立した。親切な村人たちの炊き出しは梅干し入りの、大きな塩むすびであった。

若い生徒たちにとってこの不意の出来事は、冒険心にもつながったが、トランプに興じている車中と違い、森教師たちは風雨のなかを藪に入りこみ、スコップを握っていた。ボルネオの収容所以来の塵芥用の穴掘りであった。

翌日、鉄橋に板を渡した上を歩いて脱出した。眼下は濁流であった。先生は細い体で立ち、ひとりひとりに声をかけていた。

「生徒四百五十名の父兄との連絡も、携帯電話のない時代ゆえ不眠不休でなさったのでは、と思います」

「学校での森先生はやせていらして、生徒たちは、先生にぶつからないよう気をつけて歩いたものでした」

「寒雷」では〝嘆きの澄雄〟〝ぐちの澄雄〟〝松竹梅の澄雄〟と称されていた教師森澄夫の一面である。松竹梅は『雪櫟』時代の、こと草花に疎いことからの愛称である。

堀切 実 「〝俳句〟との出会い」より。

「わたしには、卒業後十七年間高校教師として現場の教育体験をしたという財産がある。五年間勤務した都立豊島高校では、光栄にも森澄雄さんと同僚であった。森さんはわたしと同じ学年の担任――森さんは女生徒ばかりの学級、わたしは男子の学級――で、いつも飄々とした態度でお話しにこられた。森さんの縁で加藤楸邨の講演会も開かれたし、旧職員の那珂太郎や金子光晴らを、顧問をしていた文芸部でお招きし、そのあと楽しく会食した記憶もある。

森さんとわたしは、その頃熱心な映画愛好者で、三本立全盛時代、今週は何本観たかを競い合ったりした。」

（「俳句研究」平成十五年七月号）


昭和も三十年半ばの頃、若者の間でよく読まれていた作家の一人に武者小路実篤があり、その「友情」のヒロインの名が「杉子」であった。森教師は、授業中なぜかその名を連呼したというのを、教え子から聞いたことがある。

「ああ杉子さん！」であったか、「杉子さん。杉子さん」であったか。話し手が顎を天に向けて叫んだ記憶だけが残っている。

また、「キスミーの口紅は、はなくそまるめて（以下不明）が口癖で、教室は明るい笑いに満ちていた」と聞いた。

森澄雄「『実生』讃――序に代へて」より。

「彼女（森教師の教え子、湊淑子さん）の話では、入学試験の折、監督だつたぼくの教卓のまん前で試験をうけたさうな。入学手続きの日、廊下で会つたぼくは『おめでたう』

と声をかけたさうだ。と、すればぼくもまんざら、さほど悪い教師ではなかつたらしい。」

（卯辰山文庫　平成二年刊）

幸田弘子「河童庵の思い出」より。

「森澄雄先生といえば、真っ先に河童庵のことを思い出します。（略）軍隊から復員したばかりの森先生と那珂太郎（本名・福田正次郎）、伊賀上正俊の両先生がたてこもり、三人で仲良く暮らしていました。住む家もなく、勤務先の女学校に行くよりほかはなかったのでしょう。学校も快く三先生を迎えたようです。学校も先生もいたっておおらかな時代でした。

生徒のお当番が河童庵に先生をお迎えに行くと、七輪に鍋を乗せ、三先生が鍋を囲んで、おじやか何か鍋からじかにスプーンですくって、おいしそうに召し上がっているところに出くわしたこともありました。

食事がすむと、先生は教室に行って授業。授業が終わると、作法室（河童庵）に戻ってお茶を飲んだり、難しそうな話を楽しげになさったり、登下校の手間がない、究極の職住一致です。（略）

戦後の貧しい時代で、食べるものも着るものも満足にないときでしたが、若い私たちは心の交流のある、精神的にとてもぜいたくな時間を過ごさせていただきました。先生たちのたたずまいを見ていたことは、後になって強く思い出されます。先生方の生身の姿に私たちは、心を動かされることが多かったのです。」　（「姫路文学館」平成十五年四月発行）

螻蛄なくや教師おのれにかへる時間　加藤楸邨

NHK俳句講座では、澄雄による現代俳人の講義もあった。飯田龍太、金子兜太、大峯あきら、角川春樹、長谷川櫂、宇佐美魚目などなど。そのつど作家の生い立ちや生家の職業まで解説される。私がふしぎだったのは、たとえば酒造元に生まれたことと、一句にどんな必要性があるかということだった。ある日、教職に立つ俳人をあげての、「教師俳句」の講義があった。

中村草田男の〈白墨の手を洗ひをる野分けかな〉
大野林火の〈野分めく午後の授業へ椅子離れ〉
能村登四郎の〈くさめして黒板ぬらす秋の風〉と、
同じ登四郎の〈ひらく書の第一課さくら濃かりけり〉

黒板に流麗な文字で板書したあと、講義に入った。

教師たらんか詩人たらんか火事に駈け　加藤楸邨

「赤々と燃え上がる火事に駈けだしながら、ふっと教師と詩人との間に落差を感じて自身に痛烈な疑問をなげかけているんです。教師ちゅうのは、教えるという習性と外からつけ加えられる強い倫理観から、もとの豊かな人間の発声を失いがちになる。この句は教師の裡なる人間性の飢渇を吐露したものです。

楸邨の〈螻蛄なくや教師おのれにかへる時間〉は、夜更けに仕事を終えて、ひとり耳を澄ますと、螻蛄が鳴いているのがきこえる。やっと一日の教師という裃《かみしも》を脱いで、素の人間に還ったくつろぎと、孤独の時間を見い出しているんです。この句には肩肘の張る教師という職業からにじみでた、かなしみがある。」

そして、登四郎の句は「教師生活の哀歓がつぶさに再現されている」と評された。だが、森澄雄も教師であったけれども、昭和二十二年、軍服を仕立て直した背広姿で、校庭の壇上から新任の挨拶をしたときの〈新教師若葉楓に羞じらふや〉のほか、教師の句はない。

師に教師時代の話を尋ねると、たいていは笑顔で、なぜか冒険談でも話すような楽しさで応える。

「旅で休まれる日が多かったのでしょう」

「風邪を理由に、ほぼ毎月さぼった。さぼるのは生徒の勉強にはよくないんだけどね、旅で生き生きとして帰ってくるのも、大事なことと思う。最後には校長も、君も風邪をひかんといいんだがね、と呟いとった。本当はお見通しだった」と、見逃してくれた校長を懐かしむ風情だった。

教師を嫌っていたわけでもなさそうだった。理由はただただ俳句のための時間がほしいのだった。昭和五十二年八月、教壇を去るのだが、あと一年で退職金も、年金額もかなり違ったらしい。教頭試験に白紙を出した森澄夫は「校長はやりたくなかった」と言った。

裃を脱いだ師澄雄は、法然さまの「一百四十五箇条問答」の「酒飲むは罪にて候か」という問いに、「まことは飲むべくもなけれども、この世のならひ」の、ひろびろとした世界に入ってゆく。

晝酒もこの世のならひ初諸子

ある日、森潮さんとの電話で「教師俳句を、先生詠まれませんでしたね」と言うと、「父は教師と俳句とは、向かい合う思いを、はっきりと区別していた」と答えられた。

潮さんは続けて「教師であるより、人間としての俳句を作ろうとしていました」と言った。

そして、「『俳句燦々』のあとがき、あれが終始して、父の思いです」と続けた。

そこには、こう書かれている。

「俳句は作るものではなく、燦々たる時空にこころを放って詠むもの、うたうものとの思いはいよいよ深い。」

（角川学芸出版　平成二十一年刊）

死の前年の思いである。

13 雪櫟

雪櫟夜の奈落に妻子寝て

昭和二十四年九月、同僚であり「寒雷」の友人、青池秀二の助けで一軒家を持つことができた。大泉学園町も今は大都市・東京二十三区の過密化の中にあるが、当時は冬枯れの武蔵野を通して遠くの秩父連峰まで見通しであった。

練馬区北大泉一三五九。櫟林に囲まれ、敷地は九百坪。青池氏の所有地らしい？と妹の貞子さんは言うが、隣家まで三百メートル。牛乳屋に一と月で配達を断られた。その板敷六畳一間の生活が、森一家の出発点であった。苦しい家計のために、夜間高校の講師としても勤め始めた。

川崎展宏「試論森澄雄」より。

「六畳一間の家を借り得たが、澄雄の弟が勉学に上京、同居させなければならなかつた。

長女あゆ子、次男洋が相次いで生まれた。

『四球満塁《フォアボール》ぞ。よかことは一ちよもなかつたと』拇指を立ててひそかにいう『その間、忍術を覚えた』

額縁の金歯をのぞかせてにやりと笑う。当時の夫婦のことをいうのである。それから一座がどつと笑う。澄雄を囲む清談は常にかくのごとく、聞く者の頭をさやさやと風が流れて飽きることがない。（略）

虹の後肋の胸を拭かれをり
妊りて紅き日傘を小さくさし
枯萱光る七輪に風通ひをり
癒えしかな羊羹の香も冬嶺も

（略）『妊りて』と彼の愛妻俳句はいかにも愛らしい。夫人も愛らしくみえるが、句そのものが初々しいのである。その妻が木切を集めて焚きつけると七輪の火は、粛粛と広がる萱原を前に、それに抗うように、小さく、しかし、必死に風を吸い込んで燃え続けるのだ。その妻と、子に支えられて『癒えしかな』の感懐は、羊羹に雪の香が通うて甘いのである。（略）かつて『冬の日の海に没る音を聞かん』とした者が、今、父としての責任を負つてうたい得たものであり、彼が『枯萱光る』と捉えたとき自然は再び生命をもつて立ち現れたのであつた。うたは回復されたのである。」

（「寒雷」昭和三十五年六月号）

『花眼』の作者」と題して、庄野潤三が次のような文章を寄せている。この作家の手にかかると、鮮明な映像となって、北大泉のつましい森一家が浮かび上がってくる。

「森澄雄さんの第一句集『雪櫟』を読むと、まわり一面、雑木林や麦畑にかこまれた一軒家に暮らしている夫婦が出て来る。

テントではなくて、家だから、屋根も天井も壁もあるのに、家の中と外とが筒抜けになつているような、戸外生活に近いような趣が生じる。

夕方の五時になると、空に金星がともるのが、家の中にいて見える。赤ん坊を顎まで湯にひたすと郭公が鳴き出す。（略）

子供をおんぶした奥さんが、炭俵の中から炭を取ろうとして、うつむく。すると、背中の子供も逆さまになる。しつかりくくりつけてあるからいいが、そうでなかつたら、炭俵の中へ頭から落つこちるところである。

俵炭手摑む負ひ子俯伏せに

（略）そのまわりを埋めつくすのは、枯野の深い、落着いた色であり、降りしきる雪であり、萌えだす麦である。

貧乏を苦にしないで、彼女は病弱な夫と小さい子供のいる家を切り盛りしている。これだけ薪を割れば、薪割りでは男に引けを取らないくらいの腕前になるかも知れない。子供を一人、おんぶしたままで斧をふるう。振り下す拍子にお尻が持ち上がる。（略）

『雪櫟』には（略）中心となつているのは北大泉の六畳一間の家での家族の生活を素材とした句である。美の世界が、そこに築き上げられている。

――どんなお家でしたか。

百姓の小屋のような家です。板の間にうすべりを敷いて、机は林檎箱でした。冬になつて風が強くなると、うすべりが持ち上るんです。それを押さえていました。

――近所に家はあるのですか。

隣りは三百メートル離れていました。一軒家だつたので、子供も淋しかつたでしよう。小さいのによく留守番をさせましたから。町まで女房が出かけられないので、買物は全部、僕が学校の帰りに買つて、大泉の駅から四十分歩いて帰りました。

――四十分というのは、相当ありますね。

ええ。それで、子供もみな病院でなくて産婆さんです。無論、ガスも水道もありませんから、井戸の水を汲んで薪を燃すという生活でした。

――薪はどうしました。

近辺に木がありますから。伐つてもいいといわれたのが。買つて来ることもありました。毎日、斧で割つて、御飯も焚くし風呂もわかしました。夏なんか櫟林の中で風呂をわかします。野天風呂ですから楽しいものです。冬は小さな土間があつたので、そこでわかしました。あのころ、度々停電しましたが、その度に自転車のペダルを踏んで、前についた懐中電燈をつけつ放しにして部屋の中を照らしました。そんな暮しですが、学生時代に尾崎一雄の『玄関風呂』などを愛読していたお蔭で、むしろ張合いがあつたくらいです。」


（『森澄雄句集』月報　牧羊社　昭和四十四年刊）


ＮＨＫ俳句講座の帰りには、師と岡茂子さんと私の三人は、池袋駅地下街の甘味処で先生大好物の餡蜜をよく食べた。そこでは、むかし話をたびたび聞かされた。

森澄雄六十一歳。当時、歩行は美しく、膝を伸ばし背は垂直、速度は人並みの倍であった。銀髪で中肉よりやや豊かな体つきであられた。その日のむかし話。

「婚約の時ね、僕の理想の結婚生活はね、芳兵衛のような女房との二人三脚だ、と言って尾崎一雄の『暢気眼鏡』を手渡したんだ。すると日をおかずに読んでね、私は哲学などの難しい本は、読み始めるとすぐに眠くなります。こういう本を薦めてください、とアキ子は言った」

その時、餡蜜の栗をスプーンですくいかけていた私の脳裡に、抜けた金歯を売って！という発想にはしゃぐ『暢気眼鏡』の芳兵衛と、百円玉のアキ子夫人との像が重なった。

百円玉の件は「白鳥亭日録」に澄雄が書いたもの。概略は、

〈社旗をたてた新聞社の車に、櫟林を背景にした写真撮影のために、夫妻が乗っている。二人は撮影用に新調した白地を着ていた。降りる段になり、片足を下ろしたアキ子夫人は、土にまみれた百円玉に頓狂な声をあげた。

「チチ、百円拾った！」

突然で返答に困る森澄雄に、記者の大森さんが、子供でもあやすように、「ヨ、カッ、タ、ネ、奥さん」とゆっくりと、そして感にたえたように言った。〉

という話だ。私は訊ねた。

「それで、奥様は、芳兵衛を見習われたのですか？」

岡さんは静かに言った。

「千田さん、森先生は面白くお話なさるのよ」

「嘘じゃなかと」

澄雄は顎を引いてきっぱりと言ったあと、口角についていた餡を舌先で舐められた。すこし笑顔だったようだが。

後日、資料整理の手伝いの折、森澄雄が編集長時代の「寒雷」の校正は、おおかたはアキ子夫人だったと、私は知った。

「梅雨の點滴を聞きながら」――寒雷自己批判――

加藤楸邨・森澄雄・久保田月鈴子・青池秀二の座談会より。

「澄雄＝この間、作家群像の原稿を書き上げて読ましたら、『主《しゅ》として経済的事情から』僕は日夜働いてゐるといふところを、主《あるじ》として経済的事情から、と読んだのには参つたよ。」

聞き手に話を面白くと、語られる澄雄だが、自分の原稿を妻に音読させていたのも、作品の（自他ともに）可否を問うていたことも、ばれてしまった。同じ対談から。

「楸邨＝君、この間傑作をやつたね。僕の家で二三人が集つたんですが、誰かの洋傘を森君持つて帰つちやつたんです。さうしたら次の日森君の奥さん汗を拭きながら返しに来たんですがね、実は家を出る時は確かに自分の洋傘を持つて出た、ところが途中で牛山一庭人君のところへ預けたんですよ。それを忘れちやつたんですね。（笑）」

（「寒雷」昭和二十六年八月号）

〈補〉ＮＨＫ俳句講座のころ、師の傘や鞄は名札付だった。「旅中のパンツや靴にも『森』と書かれてあるんだ。先生は俳句に命を燃焼されて、世事のことには……」と、ある男性同人は賛嘆をこめて私に告げた。

田川飛旅子の「天性の詠嘆詩人」より。

「きつと『寒雷』の大会でも催されて句会の終つた時刻であつた。私達は頭を向け合つて二列に敷きつめられた蒲団の中へ入つた。森の頭と私の頭が向き合いであつた。そのとき森は、『どうも句が出来なくて！』と初対面の私に向かつて嘆いた。森とは現在でも会合などでよく顔を合わせるが、帰りの電車で隣り合わせると、今でも『編集が忙しいので、どうも句が出来なくて！』とか、『あつちの方がすつかり駄目で……』とか嘆くにきまつている。それでいて、愚痴つぽいのとは違うのである。天性の詠嘆家なのである。『どうも句が出来なくて！』と嘆くことが、森にとつて次の句が出来る必要な準備段階なのである。（略）

私は自分の幼いころの友達で、試験場を出るとき、『出来なかつた！失敗した！』と極端に悲観してみせて、発表のときはさつさと合格している友人も持つている。別にこんなことが森の詩質と何も関係はないのであるが、森の作品のもつている喘ぐような嘆き、悩ましいほどの肉迫、芯のある孤独の姿勢などの魅力の秘密をあれかこれかと考えている内にふつとこんなことを思いついただけである。自分を閉ざすこと、その故に、内に溜まるもののはけ口がなくて何かが充満してくる、そこで俳句を通して思い切り嘆く、そんなことの繰り返しが、森の作句の秘密の中にあるのではなかろうか。（略）

麦刈りて百姓の墓またうかぶ

青天の辛夷や墓のにほひする」

（「俳句」昭和四十三年四月号）

白桃や満月はやや曇りをり

昭和二十九年六月、加藤楸邨の銀婚と一緒に、句集『雪櫟』出版の祝賀会が持たれた。櫻井博道「枯野の七輪」より。

「華やかさはなかったが、心まで洗われるほど、それはあたたかさに満ちていた。会の最後に、すっくと立った森澄雄は、白鳥夫人と幼児三人を一列に並べ置いて、蓬髪の眼をぎょろりとさせ、おもむろにお礼の挨拶をした。

『今日は〝雪櫟〟の楽屋裏すべてここに持ってまいりました。ただ一つ残念ながら　家に置いて来たものがあります。七輪です。針金で縛って使っているものですから』

会場にどっと笑いが起きた。泡のようにそれがひろがった。それまできびしかった澄雄の眼が、茶目っ気に、ほっと潤んだ。（略）

普段は少食で、胃の不調を託っている澄雄が、見違えるような食欲を見せるのも旅である。熱い味噌汁をすすりながらいう。『これでなくちゃ。うちのやつのはひどいもんや……』。そして一座を笑わす。また、野山での健脚ぶりには定評がある。戦中のボルネオあたりで鍛えた足腰なのであろうか。跳ぶように歩く。」

（「俳句」昭和五十四年四月臨時増刊―森澄雄読本）

聖夜眠れり頸やはらかき幼な子は

昭和二十六年より青池を補佐して「寒雷」の編集に関わるようになった。そして、昭和三十年三月、現在の大泉学園町二三三五（その後の地番変更で、二丁目六番地一号となる）に新居をかまえた。そこは、春には関東ローム層の風塵がたちこめて、窓を開ければ埃まみれになるが、二本の大欅、水田、牛小屋の見える田園風景の直中だった。

翌三十一年、七月号より編輯後記「白鳥亭日録」を書きはじめた。田川飛旅子氏によると、「結社雑誌の編集後記として、埋もれてしまうには余りに惜しい」とある。

「白鳥亭日録」より、紙幅の関係で短い文章を抜粋。

＊今年は三月二十日の朝まだきはじめてうぐいすの声をきいた。白鳥に「そら、うぐいすだよ」とゆり起こしてみるが、まず春眠不覚暁というところらしい。いまこの原稿用紙にもあたたかい春の日差である。

＊ヘルニアの手術で十日ばかり入院して帰つてきた。柿、蘇枋、紫陽花の緑が急に茂り庭が狭くなった感じだ。帰るなり長男が「石榴が二つ花をつけているよ」と教えてくれた。いつもジャズばかりならしている長男にしては上出来だが、去年は一つだつたのが、今年は二つで、その朱は小娘の姉妹が出来たようで悦ばしい。

＊10・5「あすなろう」（学校の同僚）で名月句会。白鳥亭付近の埋立地に蓆を敷き、栗・芋・酒を用意。

＊昨夜、久しぶりにカロッサの「ルーマニア日記」を読み直した。そして、戦場での親子対面の場面で突然涙が溢れそうになり、曽つて二十年も前、同じ箇所で同じように涙が溢れそうになつたことを想い出した。

＊自転車購入。白鳥の日常の買い物のためなり。

＊白鳥と西武で買い物。万年筆購入。

＊

中学一年生の次男も信州青木湖から今日真黒になつて帰つてきた。土産は白馬の小さな白黒対の木ぼりの熊が二匹。それにほんものの生きたいもりが二匹。いもりの土産には恐れ入つたが、ほめてやりたい。いもりなど見るのもこわい小生の子にしては、手掴みにした勇気をほめてやりたい。無論、彼には勇気など必要なかつたにちがいないが、東京つ子のかれにこうした自然児の楽しみがあることが、父としても悦ばしい。

＊

八月、亡父の三周忌のため長崎に帰郷した。途上、姫路に立ちより、山崎為人・和子大妻、池内万亀、末道久美子、浜口佐紀子、黒川純吉の諸氏とともに、津山・奥津温泉（藤原審爾の秋津温泉）に遊んだ。（略）

この旅でも感じた事は風景の美しさと共に、寒雷につながる人々の同志的友情の温かさである。

＊

先にベッドにはいつてウトウトしていると、廊下の向うの風呂場から、母娘のこんな会話がきこえてきた。

「私のちつとも大きくならないわ」

「去年より出てきたじやないの。いまに大きくなるわよ。心配しなくても」

「そうかしら。女学校の頃、お母さんの大きかつた」

「お母さんのはかわいいけど、カッコいいのよ」

ぼくは、「オヤオヤ」「ヘェー」という気持で微苦笑をこらえていたが、母娘の長風呂の間に、いつしかぐつすり寝入つていた。もう夜の秋である。

翌日この原稿をみせたら家妻と娘からひどく叱られた。「いやらしい、お父さんのはみんなフィクションだわ」

夏休みも終わりである。

そのほか、繰り返し述べられているのは、「風邪悪化す」「臥床」「発熱」「流動食」「注射」そして「校正」。

それが旅となると、すこぶる健全。風景を愛で、人に会い、ほぼ連日句会に出席している。さらに、書評は加藤楸邨と芭蕉は群を抜いて多く、ほか「寒雷」同人の句集。文芸書の書名と読書感。たとえば亀井勝一郎、室生犀星、川端康成、庄野潤三、杜甫、梅堯臣、曹植、井上靖、北杜夫ほか。なかでも中谷孝雄『招魂の賦』の書評には、つられて私（千田）も買ったのであった。

〈補〉展宏さんが言うには、森家のちびっ子たち三人は、「ぼくのことを、カバ（パ？）さんカバさんと、よんでくれた。川崎のカとバ（パ？）クバクよく喰うの合成語。みんな可愛かったが、鮎ちゃんが寄ってきてぼくの胡座のなかに座ったら、澄雄が叫んだ。汚い！　汚い！　そんなところに座るな！」」、森澄雄の叫び声をまねながら、なぜか展宏さんの手は汚れを弾くように、胸先で風をはらっていた。

昼寝覚む晩夏や胸の辺も冷えて

川崎展宏「森澄雄の生活と作品」より。

「最近の姿しか知らないが、澄雄の昼寝の形はまことに悲しい。パンツ一枚、指を開いた両掌を胸に当てて、肘は張らず、鼻の下はベソをかく前のように伸びて、口をうつすらと開けている。ふと、この決して大きくも逞しくもない五体に、ボルネオの山河が畳まれ、アピーの夕焼けが燃えているのだと思つてみる。しかし、そんなものは澄雄のごく一部に過ぎないだろう。それよりも、この五体が、四人の家族を支えているのかと、しんと崇高な気持にさえなるのだ。寝覚めの草食獣のような眼をしばたたくと、『母さん、お茶をくれ』と大きな声でアキ子夫人を呼ぶのである。」

（「俳句」昭和四十三年四月号）

松崎鉄之助「森澄雄と戦争体験」より。

「健康を恢復した彼は、『対象が自然であろうが、生活であろうが、そこに現代の社会的歴史的現実を背負つて生きる人間がいきいきと息づいていることが必要であり、何を詠むか、つまり、生活をという対象区分ではなく、生活からという基本的態度が必要であり、それが現代俳句に要請される最も重要な根本態度となろう』（俳句講座9・研究編・生活）と述べているように楸邨・波郷より受けた俳句に対する信念の忠実なる実行を、妻を詠い子を詠い自己を詠い、自然については日本の雪国を主たる題材にえらんでいる。（略）

澄雄の戦争体験をじかに聞かせてもらいたく、池袋の百貨店の食堂で彼と会い、一通り話が終わつて、学校を替えることがあるのかという私の質問に、『転勤することによつてえらくもなれようが、えらくなどなろうと思わないよ、兎も角戦場で拾つた生の余禄なのだからな――』とつぶやいた。」

（「俳句」昭和四十三年四月号）

14 「杉」の創刊

紅葉の中杉は言ひたき青をもつ

「俳句」昭和四十三年九月号に、田川飛旅子が「特集・明日を背負う現代俳人のベスト10
私の選んだ作家」として、金子兜太・石原八束・古沢太穂・沢木欣一・高柳重信・香西照雄・森澄雄・飴山実・林田紀音夫・波多野爽波をあげている。森澄雄については、

「彼は現在『寒雷』を独力で編集している。会えばいつも句が出来ない、出来ないと嘆くにきまつているが、事実毎月のように編集の雑務が定期的に襲つてくることは、債鬼に悩まされるに似ているであろう。」

と書かれている。その「寒雷」の編輯後記は昭和三十一年七月号から「白鳥亭日録」として書き継がれ、人気があった。

ところが、その昭和四十五年八月号の「寒雷」の編輯後記「白鳥亭日録」は、次のような記事であった。書き出しは「今年も立葵の花が咲いた。いつか……」と、自句自解に移り、

後半に至って、突然、「杉」創刊の予告となる。

＊　小生はなお平井君の留学期間編集をつづけることになるが、また先生の了解を得て小誌「杉」を創刊することになった。一昨々年と昨年、都の近代文学博物館で成人教育の一環として俳句講座を担当したのが機縁となって、その後も句会をつづけてきたが、その方々の強い要望もあって腰を上げることにした。創刊は九月下旬刊十月号である。投句は五句（八月十日締切。以後毎月十日）。「寒雷」ともども御支援を願えると有難い。

＊　平井君帰朝後も「寒雷」の一員として、編集への助力をはじめ寒雷の発展に力を尽くすことは勿論である。

（「寒雷」昭和四十五年八月号）

昭和四十五年十月、森澄雄主宰の「杉」が創刊された。

A5判、三十六頁。表紙絵・森　潮。題字・森　洋。表紙裏の目次の上に本文より小さな活字で、森澄雄の創刊の言葉。一頁目に楸邨の祝辞が載せられている。編集は川崎展宏。

創刊の言葉

「杉」は多くの方々のすすめによつて生まれた。中でも「杉」の創刊を最も真剣に、切歯しながらすすめてくれた川崎展宏君は「杉の創刊は十年遅かつた」とも、また「一誌を興すことは一つの文学運動を起すことだ」とも言つてくれた。ぼくは彼の言葉をあたたかい激励の言葉としてきいた。

だが、ぼくは「杉」の創刊を格別遅かつたとも思つていないし、また「杉」が一つの文学運動となることをも期していない。従つてここに「杉」の新しい綱領をかかげようとも思わない。

今日の社会の急速な発展と変貌ほどに、ぼくは人間のいのちのありようを、それ程新しくなつたとも、変つたとも考えていない。

「杉」の作家は、伝統を負いつつ各々己れのいのちの根ざすところ、そこから最もひそやかに最も真率に、しかも深切清新な声を生み出してほしい。そのことが、今日の雑然たる俳風に文学の品位を恢復し、結果として一つの文学運動として迎えられるならば、またそれはおのずから別の話である。

加藤楸邨「「杉」の出発に寄せて」より。

「杉」の出発おめでたう。

若し私が若くて、これから大いに俳句を通して自分を確めてみようといふ場合だつたら、すぐ参加したくなつただらうと思ふ。

第一の理由は主宰者に森澄雄といふ得がたい俳句詩人を得たことである。森澄雄の最大の長所は、その詩人的天賦と誠実な人柄とが渾然と融けあつてゐる点だ。今までその長所を地味な寒雷編集といふ縁の下の力持ち的な場で生かしつづけてきたが、寒雷を支へる最大の力の一つであつたことは衆目の見る通りである。この主宰者の下に若々しい新時代の担ひ手が育たないはずはない。

第二の理由は、この「杉」が時代の要請を正しく把握してゆくことが期待できることである。（略）

どうか私のみならず多くの期待に、是非応へてほしいものである。（八・三一記）

内容は、作品十八句＝櫻井博道。金子兜太試論㈠＝川崎展宏。『花眼』鑑賞㈠＝矢島渚男。俳句の同人作品欄である、杉作品Ⅰ、Ⅱ欄の同人は二十二名。（平成二十七年在籍していたのは、藤崎実、藤崎さだゑさんのみで、さだゑさんは二十七年十月に亡くなられた。）

一般会員の、杉作品Ⅲの巻頭句は莨葉悦子。巻頭三席は鈴木太郎。（この二七九名の会員のうち現在同人として在籍しているのは、莨葉悦子、森田公司、長谷川庚吉、高須禎子、高橋鷹史、黒川純吉、今井誠人、丸山順子、山本磯之介さんなど）

創刊号編集後記　川崎展宏より。

▽　森澄雄の命名になる「杉」の創刊である。（略）

「杉」は、主義主張を叫ばない。現代の詩が見過してゆくものを、現代が壊してゆくものを、うたいとめることを一つの存在理由としよう。しかし、これは至難の業でもある。なぜなら、われわれの現代は、前近代の尾を増々奥へ隠しながら、近代がすでに大きな矛盾を露呈してきたといつた奇怪な状態にあり、近代を批判するというかたちで、いつのまにか、自分の尾を撫でまわすことも充分あり得るからである。（略）

▽　これは、同人雑誌ではない。森澄雄の主宰誌である。そうしたけじめのもとで、森さんの眼力を信じて各自の世界を磨き上げてゆくのである。（略）句を通してしか、俳句の仲間はあり得ない。そして、われわれは、これから西に北に、俳句をやらなければめぐり合えぬ不思議に魅力的な人々を知ることになるだろう。

この川崎展宏の編集後記はかなり面白く、主宰の生の姿も垣間見れる。第四号からも読みだすと止まらない。（森さんは）三島由紀夫割腹自決に、たいへん不機嫌で「文士の死に様ではないぞ」「そういう死に方をするのにいい歳ではないいな」そんなことをぶつぶつと言い、そのあと中年男二人で、池袋の地下でチャーシューメンを食べたのだが、機嫌は直らなかったらしい。

第十六号編集後記より。

▽　六十年安保闘争のときも、森さんは非常に不機嫌だつた。樺美智子さんの圧死を知つてからもともと少食の森さんが、あまり食欲を示さないほどになつたと夫人が語つておられた。筆者が尋ねたとき、不機嫌は、やや治まつていたが、ごはんは食べんし、家族にはあたり散らすしとこぼされる夫人の脇で、森さんは照れくさそうにしていた。

編集後記は、ときには「杉」の仲間の冠婚葬祭にも及ぶ。

山崎爲人氏の逝去、鈴木太郎氏と妙子さんの結婚は俳句で結ばれたものだけにめでたかった云々、黒川純吉氏が美しい奥さんを迎えられたとのことである、等々。

そしてさらに、前に書かれた「西に北に、俳句をやらなければめぐり合えぬ不思議に魅力的な人々を知る」旅のことも、記録されている。

第十七号編集後記より。

▽　正月三日、森さんに伴われて関西へ行つた。初旅はいいものだと誘われたのである。（略）守口の岡井氏のお宅で田平竜胆子氏と、翌日、四天王寺駅で京都の藤崎実氏と会し、五人で伊賀へ向つた。（略）

伊賀上野では、葭葉悦子さんの紹介で、薫楽荘という宿に入つた。由緒ある遊郭であつたとか。隠居部屋に穂先のない槍が四、五本懸つていた。「先は供出しまして」と小さな丸いお婆さんが口ごもつて教えてくれた。気のせいか、忍者屋敷のようなところもあり、日暮れから底冷えがして、はばかりの道に迷つた。葭葉さんが尋ねてこられ、食事を共にした。着物姿の、それは美しい方であつた。無口で真心はあふれていた。（略）ああ伊賀へ来たんだなと思つた。

（「杉」昭和四十七年二月号）

だが、師は、「杉」創刊以前から、旅は重ねていた。健脚だった頃、師はいくぶん誇らしげに言ったのである。

「ぼくは、日本で未だ行っていない所はあと一桁だよ。君のように、そこらの吟行に行って、句帖につらつら書きつらねて、毎月の五句を投句してハイッおわり！ではない。ぼくは、この足で歌枕、土地の霊、伝統を踏みしめてきた。旅ではね、一句できればいいと思っている。」

黒川純吉「マジックペンの色紙」より。

山国に火色の赤さ富有柿

「久々にとり出した色紙を机上に置いている。四、四、三文字の三行の、マジックペンで書かれたものである。少しばかりしみが浮いて変色しているが、書かれてからの年月を語っているようだ。

昭和三十九年八月九日、姫路市立手柄山図書館で、『寒雷』の句会が開かれた。（略）その日の先生は旅行の疲れからか、体の不調を口にしておられたように思う。それでも句会の帰りに姫路駅前の喫茶店で、先生のお話を伺う場をつくっていただいた。その時、色紙を書いていただこうと近くで買い求め、俄仕立故にマジックペン書きとなってしまったのであった。『この句にしようか』と書いていただいたのが〈富有柿〉の句である。今にして思えばずい分と失礼なことで、油汗のにじむ思いであるが、先生は談笑のかたわら求められるままに書いて下さった。おそらく他で書かれていないと思われるこの色紙が、私の他姫路の人達の間に、まだもう数枚はあるはずなのである。

それ以後も、先生はよく来姫下さった。翌四十年八月には、岡山県の高清水高原、人形峠に遊んだ。（略）

石佛に生きて頬もつ春乙女

主人公「春乙女」は浜口佐紀子さん（現、小坂夫人）ではないかと思ったりしている。」

（「杉」平成六年一月号）

岡井省二「わが俳句の問題点」より。

「先頃、森先生にお伴して、紀州を旅して来ましたが、先生も亦『大きい句が作りたい、大きい句が書きたい』と寝言にも繰り返されるのです。吐き出す様に、あたかも怨念のように、しかし、まことにしかと決意を秘めて、漏らされるのです。」

（「寒雷」昭和四十六年十一月号）

藤村克明「森澄雄年譜」より抜粋。

「昭和四十七年（一九七二）五三歳

この年から角川俳句賞の選考委員となった。読売俳壇の選も一月から始めた。三月、青山学院女子短大の講師を辞した。（略）

七月から八月にかけて、楸邨夫妻らとシルクロードの旅に出た。往きは全て空路で、ハバロフスクからイルクーツク、アルマアタ、タシケント、サマルカンド、ブハラと巡った。帰路はタシケントから空路ハバロフスクへ、シベリア鉄道でナホトカへ、そしてバイカル号で横浜へというコースであった。」（「俳句」昭和五十四年四月臨時増刊――森澄雄読本）

かつて澄雄は、赤道に近いボルネオの密林のなかを、兵士として行軍した。激しい湿度と飢えから戦友たちは、遺言一つ言わずに次々と息をひきとった。そんな死者たちの傍らで、澄雄は芭蕉の『おくの細道』の、羇旅辺土の行脚、捨身無情の観念、道路に死なん……、と唱え続けて現状を耐えた。

次々と息絶えてゆく部下や戦友たちに、その都度、屍を被った土に、木片に書いた俳句を、墓標として手向けた少尉森澄夫。それは日本陸軍の指揮官としての俳句であり、それでいて戦死者葬送の思いをこめた俳句であって、森澄雄の俳句ではなかった。敗戦を知るその日まで、澄雄自身の俳句は空白状態だった。

そして昭和四十七年八月、澄雄は加藤楸邨夫妻などとシルクロードの旅をしていた。「さそわれて」と澄雄は後年、私に言った。

「世界史の教師としての興味はあったね。教科書に契丹《きったん》だとかウイグル人だとか、わけのわかんない、歴史の中に埋没した人間がひょっと出てくるわけだから、そのおもしろさ、人間の興亡のとてつもない長い時間と砂漠の広がり、そういうものを見て、取り込んでくればそれでいいと考えていた。思っていた通り、楸邨はたえず手帖に句を書き続け、御同行のほとんどが寒雷人で、これもみんな句帖に書いとる。こっちは一句も出来んかった」

かくして灼熱乾燥の砂漠の道やチムール帝国崩壊の跡、アフラシアブの発掘中の廃墟などを辿り、その中に浸りたしかに感動はしたが、その感動と想念は句作への波動とはならずに終わった。

森澄雄『俳句燦々』「シルクロード」より。

「何よりも感動したのはこの旅でぼくが見たいと思っていた砂漠とそこを走る道。上空（機上）からのぞくと、一木もない広大な砂漠を爪で搔いたような細い道がどこまでも走り、山脈に突き当たるとその襞に沿い、鞍部《あんぶ》を越えて平坦部に出ると、またどこまでも一直線に続く。それを見ていると、昔そこを歩いた人間の気の遠くなるような意志を感じた。

もう一つ印象深かったのは、砂漠の町に住んでいるアジア人種、特に悠々たるものを宿した老人たちの姿だった。

サマルカンドでのことだった。朝早く散歩に出かけると、町外れの一角にある粗末な床《しょう》几《ぎ》をしつらえたチャイ・ハナ（茶店）に集まって茶を楽しんでいるトルコ系、モンゴル系、中国系のウズベク人の老人たちがいた。中の一人が目顔で寄っていけというので上がっていくと、パンと茶をごちそうしてくれた。（略）

砂漠の長い歴史の興亡を刻んだ乾いた顔の中に深く澄んだ目をはめこんで、悠々と茶を楽しんでいる老人たち。その時ぼくは、この静かな悠々はどこから来るのか、（略）みずからの胸の内に繰り返し問い返した。」

（角川学芸出版　平成二十一年六月刊）

加藤楸邨『死の塔』より。

「池のほとりには、老人たちがひっそりと腰をおろしている。身じろぎもしないで、黙々と水の面をみつめているのである。否、水の面をみつめているというより、水を見ることで無に入りこんでいるとでもいった感じである。（略）ここではもっと徹底した老人の静寂があった。地面にぴったりはりついて呼吸しているのである。」

沙熱し沈黙世界影あるき　　加藤楸邨

「ブハラの荒廃した城壁の下に立ったときは、はっと目を瞠る思いがした。それはその城壁の色が赭土一色に聳えて、壮大な力の形が、そのまま力の抜けてしまった荒廃を示していたからである。（略）ブハラの廃城壁の下でみたものは、（略）もっと酷薄で、包みこまれることなどは思いもよらず、近づこうとするものを、きびしく拒否する何かであった。」

（毎日新聞社　昭和四十八年九月刊）

旅も半ば過ぎの五日早朝、食事もとらずにホテルを抜け出した一行は、サマルカンド郊外にある発掘現場に向かった。人気のない荒涼としたアフラシアブの丘陵の上から見えたのはむなしいまでの灰褐色の砂の拡がりだった。その丘の奥に現場はあった。事業はソ連が百年計画で始めたもので、今年は十年目と言う。（発掘は十九世紀後半から始められていた）考古学者や技師団に現住民のソクド人二、三十人が炎天下を掘り続けていた。

その中で二十余年発掘を続けているウズベスク人の考古学者が、土から生まれかけている、一千年前の極彩色の壁画を見せてくれた。仏陀らしいと言う。

「あと、何年かかるのか」の質問に、あっさりと「百年はかかる」と答えた。

澄雄は言う。「人間の躰の、苛酷な労働に耐えられる時間はわずかな年月だ。結果を見ずに終わる己の命の短さを悟っていて、あの考古学者は、胸を張って答えたんだ」と。

発掘した旧シルクロード、ジンギスカン時代の舗道は、赤褐色の平たいの石を整然と敷き詰めて、幅は三メートル、長さは二百メートルほどあった。アレキサンダーやジンギスカン、正倉院御物を運んだキャラバン、それらが通り過ぎた歴史の道である。かれらの足跡を印した、まさに仮死状態の舗道を土の中から甦らせようと、今発掘しているのだ。土砂のなかに積み重なる歴史が立体に見えたとき、幽かな震えを覚えた。

一方、楸邨がまるで口付けするかのように、「石畳に頬をよせとった」と澄雄は言う。

死者に声ありや灼け石に耳を当て　加藤楸邨

そのあと宿に戻った。同室の吉田北舟子が、異国の風物と俳句に関わる貴重な意見を聞きたいと言うのに、昼に見たモスクの話から、ソ連女の偉大な乳房の話なぞして白夜を過ごして、やがて北舟子も眠りに落ちた。

深更だった。砂漠の昼夜の激しい温度差からくる思いがけない肌寒さ。寺町の音絶えたホテルで横たわり、今までに見たこれらの廃墟を思うと、日本の湿潤でやわらかな自然につつまれて同化した廃墟跡とは、まるで違っていた。もっと苛酷であった。もちろん立秋の気配なぞ微塵もなかった。たしかな感動と刺激は受けながらも、いかにしても俳句は作れない。けれどもあの旧シルクロードの発掘された歴史、十万年前に人類が住み始めてから存在した、サマルカンド周辺の大地を前にしたときは、砂に消えた人々の繰り返された営みが見えてきた。どれほどの殺戮と復興、出会いと別れ、祈りと絶望が繰り返されたことか。

「この虚空の時間の中で、かれらの祖先は、何百何千億となく生死を繰り返してきた。その生死の中で彼等が見つめてきたものは何だったのだろう。」

そして今朝、チャイ・ハナでパンと茶をご馳走してくれた、ゆったりと静かに茶を楽しむ老人たちは、その遙かなはるかな末裔なのだ。

そのとき、

行春を近江の人とおしみける　芭蕉

の一句が浮かび上がってきた。あたかも添い寝をするかのように。すると、諳んじていた前書きの「望湖水惜春」が口をこぼれた。

思いはさらに、去来の「湖水朦朧として春をおしむに便有べし」にゆきつくと、サマルカンドから遙か離れた故国山河への想いが激しく湧いた。するとさらに曲水宛の、「膳所を花の湖水と可レ被レ成候」のたよりなども浮かんで、近江への思いは自在に広がってゆく。

かつてジャングルのなかで、澄雄は死と隣り合わせた。あのときの危うい生命は、羇旅辺土行脚の芭蕉と呼吸を合わせることと重なる偶然から、かろうじて得たものだった。

サマルカンドの床上、今度は芭蕉がおりてきた。伝統（芭蕉や西行を含めて）をこよなく愛した者への、伝統からの贈り物なのかも知れない。

以来、澄雄の旅は、この句を携えて続けられた。

森澄雄「シルクロードと近江」より。

「イスラムの目も覚めるようなモザイクをはめ込んだ歴史的遺跡の壮麗、或いはまたブハラのまさに芭蕉の『夏草や兵どもの……』を想わせる外城の残壁、またそこに住むアジア人種の歴史の悠久を刻んだその静かな顔、——それらの一つ一つに夢のような、また深い感動を味わいながら、旅の一日の終わりの夜の静かな床上の心に、それらの感動のつながりの果てにふと、芭蕉の『行春を』の一句が浮かび上がり、何故か深々と感動を誘った。あれは一体何だったのだろう。」

（「杉」昭和四十八年十月号）

このシルクロード紀行中に書かれた、澄雄の行動についての記事を抜粋。

・吉田北舟子「サマルカンド」より。

「岡、高須、森君と早朝散歩に出た折グル・イ・エミール廟を覗いてみた。墓守りは就寝中だったので勝手に中に入り、地下の墓や修理中の足場の下をかい潜って、ドームの下あたりを自由に見て回る。」

（「寒雷」昭和四十八年七月号）

・加藤楸邨『死の塔』より。

「イルクーツクで日本人抑留者の墓に詣でる機会が持てなかったので、タシケントでそれを果たすことになった。(略)墓は七十余、私共は持っているいろいろの物を墓上に供えた。グラジオラス、瓜、ジュース、飴、煎餅、梅干それに食塩など。持ってきた煙草に火を点けて供えてまわる。戦争中将校だった森澄雄が音頭をとって黙祷する。(略)

シベリヤ鉄道(帰路のナホトカ行き)の車体は極めて巨大で、寝台車も悠々たるひろさであった。一行は殆どどこかに故障が出ていた。水が悪いので生水はまったくとれないのだが、むやみに渇を覚えるので、つい水分をとり過ぎる。元気でカメラ二つを首に提げて情熱的に西トルキスタンの風土を狙っていた森澄雄や、逞しい意志でデッサンを続けていた画家の小間嘉幸も腹をこわしてしまった。」(「毎日新聞社」昭和四十八年九月刊)

・山下淳「バイカル号上にて」より。

「津軽海峡を越えると船はしだいに揺れはじめる。(略)結局、食堂出席率は、われわれ四人組(吉田・森・小間・山下)がもっともよかったことになるが(略)予想以上に、お元気だったのが楸邨先生であった。

(略)この旅のスケジュールでは最終コースのバイカル号上の丸二日間に、船上句会が計画されていて、(略)海上波浪注意報がでていて、船のゆれ方は、太平洋にでてから激しくなった。(略)各人一句ずつ抽出すると、

アフラシアブの廃墟

一塊の灼け石チムールが過ぎ猫が過ぐ　加藤　楸邨

熱き祈りの時アッラービリキアッラービリキと四度呼ぶ　森　澄雄

泉みても水飲めぬ旅の咽喉ぼとけ　吉田北舟子

海に立つ灼け赤崖のこゑ幾世　小檜山繁子

（出席者十三名、以下略）」（「寒雷」昭和四十八年八月号）

小林喜一郎「俳句の意匠」より。

「楸邨と澄雄と師弟がみせたシルク・ロードへの執着の差は、俳句に対する二人の個性がよく顕れて興味深い。（湿潤な湖国に思いを馳せる）澄雄が一度で炎熱乾燥の地に見切りをつけたのは賢明だと思うが、それがいささかも楸邨（再度シルク・ロードへの旅をした）の評価をひくくするものではない。芭蕉の旅の心に思いを籠めて（大陸の風土に参入しようとする）初心を貫くところはやはり楸邨は大きい。その大きさを弟子の澄雄は充分承知の上で秋の淡海に魅せられたのである。」（「琅玕」昭和六十二年五月号）

伊賀上正俊「『浮鷗』について」より。

「森さんがシルクロードに旅して『砂漠と砂漠の道と天山』とから得てきたものは『あるはるかなものの悠久の思い』であった。森さんはそれを、芭蕉の〈行春を近江の人とおしみける〉の句を持ち続けることによって、自らの中の存在として再確認した。それは同時に、芭蕉の句に、風土を越えたものとして存在する『やさしさとなつかしさ』だと言っている。（略）

しかし森さんが見た『はるかな思い』に比ぶれば、『どこまでもはてしなく一直線に貫く砂漠の道』さえも、『雲上に夢の浮城のように重なり連なる壮大な天山の山脈』さえも悠久であり得ないことは自明である。だからそれらが、『やさしい』のであり『なつかしい』のであろう。このとき人は『惜しむ』という行為しかできないのだ。すなわち『愛しむ』ことである。」

（「杉」昭和四十九年一月号）

15　秋の淡海

川崎展宏さんが、好きなビールを一切やめても行きたかったシルクロードの旅が叶わずに、竹煮草の茂る武蔵野は所沢で無聊をかこっている頃、澄雄は灼熱乾燥の地で、日本の草木深き山河と伝統と、続けて芭蕉を懐かしんでいた。帰国したら近江を巡り、蕉門のひとりとして「近江の人」の座に加わろう、芭蕉の呼吸にあわせて歩き、とどまろう、秋近き日は、芭蕉の膝近く座につらなり、そして翁の、〈行春を近江の人とおしみける〉を発句にして巻いてゆこうと思った。

かくして、熱砂の地で湖水への思いを湛えていった。

秋の淡海かすみ誰《たれ》にもたよりせず

岩井英雅「芭蕉の呼吸を願う近江通い」より。

「芭蕉の呼吸に深く感銘した澄雄は、シルクロードの旅の疲れが癒えると、すぐに近江への旅に出る。そこからよく知られた澄雄の近江通いが始まるのである。

この句はその第一歩（帰国後すぐに湖南から余呉の湖を訪ねているから、正確にいえば近江への二度目の旅である）としての意味を持つだけでなく、芭蕉の呼吸を実現し得たという満足感を澄雄が抱いた、という意味からも重要な句である。」

（「WEP俳句通信」69　平成二十四年八月発行）

岡井省二『森澄雄』より。

秋の淡海かすみ誰にもたよりせず

「昭和四十七年は、澄雄にとって特別の意味を持った年であった。春、師・加藤楸邨一行とシルクロードの旅へ出た。澄雄は旅上、俳句は一句も作らなかった。かの地の人々の悠悠たるくらしにあい、ある夜、ふと芭蕉の、〈行春を近江の人とおしみける〉の一句が浮かび、時間の啓示を受けた。

澄雄はその後、近江の旅にいつも、この行春を惜しんだ芭蕉の一句を持ち歩きながら、この句について去来の言った『湖水朦朧として春を惜しむに便有《たより》べし』の一句を呪文のように、つぶやくのであった。

筆者（岡井）は、この近江の旅に大方数十回お伴をした。この年の十月、彦根から、竹生島、近江舞子、堅田、義仲寺、幻住庵とまわったが、その帰路、あの小さな電車の吊革を握っている澄雄にこの句は将来した。

『たよりせず』と言って澄雄は、実はあらゆる誰彼にたよりを発している。芭蕉に便りを発している。歴史の波長にたよりを発している。

平成二年、この句は堅田祥瑞寺に句碑となった。」

（『鑑賞秀句１００句選⑰・森澄雄』牧羊社刊行）


那珂太郎「森さんのこと」杉二十周年記念講演より。

「きのう除幕式の行われました祥瑞寺の句碑に刻まれた〈秋の淡海かすみ誰にもたよりせず〉これには奥さんの名前が詠みこまれているんです。最初の『秋』は、アキ子夫人のアキですね。淡海は『あふみ』で、これは会う、別れるの『あふ』。『み』は、わが身の身――というふうに解読できるわけなんで、森さんにさっき聞きましたら、いや、それは全然考えてなかったということですが、僕はやはり、ご当人は意識していなかったとしても、アキ子夫人の何かの縁で、あの句を句碑に選ばれたんだろうと思います。」

（「杉」平成三年十一月号）


那珂太郎「森澄雄のこと」より。

「このゆつたりとなごむ調べについて、a母音頭韻や『淡海』『かすみ』の畳韻の効果をことさら指摘するのも無用であらう。かすむ淡海に、芭蕉をはじめとする古典の中の『見ぬ世の人を友』として彼は自足してゐる。いや、「誰にもたよりせず」といふ無形のかたちで、『見ぬ世の人』のみならず、知己同心の連衆に彼は心を通はせてゐるのだ。この句の心は、孤高などではなく、類ひないやさしさ、人なつかしさであることを、その調べが伝へるのである。
（『現代俳句全集・森澄雄集』立風書房　昭和五十二年刊）

長谷川櫂「現代俳句の鑑賞101」より。

「俳句は言わない部分の多い文芸である。十七音の言葉となった部分に、言葉にならなかった部分が、物に影が添うようにいつもそっと寄り添っている。だから、言葉の部分だけがわかっても、言葉にならない部分がわからなければ、俳句がわかったことにはならない。

言葉になった部分（略）この句なら、秋の琵琶湖に霞がかかっている、誰にも手紙を書かない。それだけだ。

言葉にならなかった部分は、言葉になっていないのだから、いつも隠されたままだ。（略）ここを読み解くには読者は想像力を働かせねばならない。

近江、今の滋賀県は特別の土地である。山ひとつ越えれば京の都。大君の首都を目と鼻の先にしながら、一歩手前でとどまる土地。大いなる湖水を抱えて静もる果てしない空間。人はここにくれば、都にいるよりも都への憧れを掻き立てられずにはいないだろう。

芭蕉もそうだった。この土地柄を愛し、生涯にいくたびも逗留した。湖水のほとりを離れて都へ出ればかえって、〈京に居て京なつかしやほととぎす〉と臍曲りなことをいった。京にいてさえ見えない懐かしい京が、ここ近江でなら見えることもあるのだ。

『秋の淡海』の句は、こうした思いのすべてを言葉にならない部分として包みこんでいる。岸に寄せる波の音、時折聞こえる鷗の声のほかは何のもの音もしない湖の秋の霞に、すうっと引かれた舟の白い水尾《みお》さながらに、この句は立っている。

読者は湖国の秋を思い浮かべ、古人の夢の数々に思いを馳せれば、句の背景に沈んでいるすべてのものが、古い友人に再会するように懐かしそうな顔をしてよみがえってくるだろう。」

（新書館　平成十三年三月刊）

田平竜胆子「近江八幡旅宿大宗に集ふ」より。

澄雄の鼾陥ちゆく近江蚊が鳴いて

田平竜胆子

「主宰と同行作句しているうちに僕と違って即吟型でないのを知った。括めて見てとって脳中に収め、あとでじっくり捌いてゆく様子。メモはあまり取らないが時々有難いことを洩らすので聴耳を立てる。だから同行句にはファイトも湧き、いつになく時かけて成句する。僕は主宰のような豊潤な抒情力がないので、自分なりに濁らぬ抒情をと念じている。」
（「杉」昭和四十八年十月号）

尾形仂「戯遊自在」より。

「『浮鷗』終章『湖国』を充たす近江慕情の諸吟を顧みるならば、それはただに古人の詩情を検証するといったよそよそしい営為にとどまるものではなく、古人の詩情をはぐくんだ、いわば芭蕉俳諧の原郷ともいうべき湖国の山河に向けて全身を投げかけてゆこうとしている趣さえ感じさせないではない。まさに『古人の跡を求めず、古人の求めたる所を求めよ』である。

芭蕉は、さんざん歌枕を遍歴し本歌取りの試みを重ねた末に、俳諧の底を抜いて軽みの方向に進んだ。森さんの行きかたがそれと順序が逆なのもおもしろい。本句集の巻尾は、

白をもて一つ年とる浮鷗

の句をもってむすばれているが、『白』に象徴される森さんの戯遊自在の漂泊の歩みが、無常の思いをまた一つ加えて、どこへたどり着こうとしているのか。華眼のよろこびとかなしみとをともにしようとしているつもりの同世代の鑑賞者にとってはすこぶる気になる見ものではある。」

（「杉」昭和四十九年一月号）

大峯あきら「森澄雄との出合い」より。

「昭和五十二年か五十三年の秋の日の暮れ方だったと思う。『杉』の岡井省二をともなった森澄雄が、ひょっこり山門を入って来たのにびっくりした。二人で大和の飛鳥を歩き細峠を越えて来たところだ、という話であった。（略）

森澄雄とはまったくの初対面であった。もっとも、この時よりも前に、東京から来たという一俳人が夫人と共に私の留守中に立ち寄って、寺の石段に腰かけていたことがあったらしい。外出から帰って来た家内が、このことを村の老人から聞いて、すぐ駅まで後を追ったが会えなかった。

その夜二人は拙宅に一泊し、四方山ばなしをした。俳句のことよりも、仏教や哲学の話が多かった。翌朝のすばらしい秋晴れの中を、二人はまたどこかへ出発して行った。つぎの句はこのとき拙宅での森澄雄の作である。

色鯉の色の見えゐる十三夜

名の月のをはり吉野に菊膾

これがきっかけで、その後も森澄雄は吉野に来ると何度か私の寺に泊まった。

この頃から森澄雄は、私の知らないときにも、ふと思い立ったら列車にとび乗るという式で、不意の襲撃のように吉野にあらわれている。奥吉野の黒滝村という在所で前登志夫らと月見をするため、近鉄の下市口《しもいちぐち》駅で宇佐美魚目、山本洋子らと待ち合わせていたことがあった。その私の目の前三尺ばかりのところを、タオルを首に巻いた森澄雄がひょうひょうと通り過ぎたのである。」

（「俳句研究」平成十五年十一月号）

藤崎実「『杉』創刊の前後」より。

咲き満ちて風にさくらのこゑきこゆ

「澄雄師は楸邨師らと共にシルクロードへ出かけた。その旅から戻った澄雄師は、直ちに淡海へ赴くのだが、途中わざわざ拙宅に寄ってくださった。ただならぬ気配を感じたが、まさか以後百回を超える淡海通いが始まるとは思わなかった。淡海の旅のほとんどは岡井省二氏が同伴したが、希に竜胆子氏や私も誘い出されることがあった。

それから数年間、暮から正月にかけて、淡海・熊野・伊賀・奈良などに四人で旅をするのが恒例になった。旅の夜は宿で『大福帳』と称する和綴のノートを廻しながら、互いに即席の句を墨書した。私は余り書けなかったが、張り詰めた空気が懐かしい。

四人の旅は、昭和五十六年の年末が最後となる。大晦日に嵯峨に宿をとり、深夜、日蓮宗常寂光寺に四人そろって詣で、除夜の鐘を撞いた。第一鐘は澄雄師と省二氏が一緒に撞いた。寺の住職長尾憲彰氏も共に篝火を囲んで会話を交したように思う。元旦、宿を引き払った四人は、京都のあちこちをうろつき、最後は拙宅に落着いた。竜胆子氏は帰宅し、澄雄師、省二氏はわが家に宿り、その晩は交互に色紙に墨書した。〈鐘撞いて鬚の僧かな年迎ふ〉と闊達な字で書かれた色紙は、大切に保存されている。この句は『空艪』の五十六年に〈鐘撞いて焚火ともにす除夜の僧〉として収録され、さらに『四遠』の五十八年に〈除夜撞いてこの寺の僧髯長者〉として収められている。澄雄師にとって常寂光寺住職の印象がよほど強かったに違いない。

翌二日は、三人そろって淡海へ出かけ、堅田満月寺の隣の和風旅館に泊った。〈大年を湯気でけがしぬ鴨の鍋〉の句が『空艪』の五十六年に、〈鐘撞いて……〉の句と並んでいるが、実際は二日の晩のことである。

澄雄師はこの（昭和五十八年）九月に脳梗塞で倒れ、十月には清瀬の国立療養所に入院された。（略）竜胆子氏は一ヶ月後の十一月十四日に死去された。」

（「杉」平成二十二年十月号）

岡井省二「『淡海』の総体」より。

「おおかたの所は廻った。

秋は『雁』の句がよく出来る。むろん『雁』は『雪月花』と並んで日本詩歌の本道の一つ。

雁の數渡りて空に水尾もなし

『数』もさることながら、〈空に水尾もなし〉は転換発想がなければ、そうたやすくは表出できまい。（略）

雁やのこりしこゑの水松《いちゐ》の実

愛惜はまた地上の赤き小さきものに残る。

湖にあそび山に入ってかなかなを聞いたこともあった。汀のきはちすの日暮をめでたこともあった。旧家の古箪笥を置いた部屋に招じ入れられて湖の秋をしみじみ見たことも

あった。秋ざくらの咲くころははやばやと湖べに宿をとった。（略）そんな日の夜は、

夜寒かな堅田の小海老桶にみて

……そして瓢酒とするのであった。」

（「杉」昭和五十七年七月号）

16　白鳥の死

山茶花や昨日と言はず今日遠し

アキ子夫人の死の知らせは、昭和六十三年八月十七日の夕刻だった。長男の潮さんの寒そうな声が「母が亡くなりました」と告げた。「嘘」と叫び、あとは無言が続いた。

「ともかく、すぐ行きます。片山さんと」

受話器を乱暴においた記憶がある。

当時の記憶といえば、師澄雄の慟哭と鋭く光る目。相手によって異なる対応が、印象に強く残っている。

遺体は夏というのに厚めの掛け布団がかかっていた。その中央がこんもりと盛り上がっていた。師は左方に坐っていて、弔問の女性と涙ながらに「死に目にあえなかった」と繰り返していた。

床の間に木槿の花が一輪挿してあった。その朝夫人が活けた花は、みずみずしいまま蕊を立てていた。六十三歳の夫人は眠っているように見えた。頬に紅をはかれたのはだれなのだろう。しかしその肌は、生前の見事だった艶を失っていた。

私と片山路江さんは下手に坐り合掌した。深く礼をしてから「あまりにも突然で」と言い、あとは黙した。師はなんの反応も見せなかった。その目は乾いていた。すぐに来客に向き直り、「今朝、畑毛温泉に行くぼくを駅まで送ってくれたんです。せめてこの手で抱いて、ありがとう、と言いたかった」、最後の言葉は泣き声で消えた。


翌十八日朝、駆けつけた片山さんと私は、まずご遺体を拝んだ。次に台所で大皿に三十個ほどの塩むすびを握っていた、娘の鮎さんに声をかけると、「朝食軽かったんじゃない」と言われ、炊きたての香りよい塩むすびを、ひょいと掌に載せてくれた。実に美味しそうな艶をしていた。

片山さんは家の外を掃きに、私は左手にむすびを、右手に掃除機を持ちながら、だれもいないはずの客間に入った。

だが、そこに師がおられた。数分前まで遺体の傍だったのが、ソファーの脚に背をもたせかけて、絨毯に直に坐られていた。左手を膝に、右手は体を支えているかのように掌をひらき、絨毯の上におかれていた。微動だにせず、まばたきすらされなかった。

声は上げなかったものの、驚きのあまり身を引いた私は、むすびが足下に落ち、うすい白い影を曳いて転がるのを見た。なぜか罪悪感がめばえ身震えがきた。心凍る想いでむすびを拾った。師は青く光る目で私を一瞥した。一瞬ではあったが、恐ろしかった。記憶はそこで途切れている。

つぎつぎに弟子たちが訪れた。

通夜は十九日午後七時という。告別式は二十日午後一時から二時まで自宅で。斎場を借りる案も出されたが、森澄雄の「この家から」の一言で決ったのだった。

その日、私と片山さんは、茶菓の用意に追われた。運び役は相澤文子さんと師の管理栄養士だった三沢しづこさん。「杉」の若手で、作法の心得があったからだ。菓子は口にする人はいなかったが、私たちは茶碗を洗い続けた。

塩むすびを転がした客間からソファーや家具が運び出され、鯨幕が巡らされた。弟子たち(大方は近隣の武蔵野の人たち)は、よく働いていた。菊地一雄さんが全紙を使い、墨で献花された方々の名前を、流麗な筆致で書かれていた。電話の応答は小林鱒一さんだったと思う。そして喪主である澄雄は、弔問客へ涙の訴えを繰り返しておられたが、昼頃、加藤楸邨氏が弔問に見えた。

台所はかなり広く、家族の囲む食卓が置かれていたが、面した廊下は、遺体の安置された日本間と書斎、書庫それぞれの通りみちで、振り向けば客人は目前を通られた。

楸邨氏は「寒雷」の主宰で、森澄雄の師であり、「杉」の同人のなかにも、「寒雷」に籍をおく人が多かった。そんな人たちの楸邨師への対応には、慕う思いが色濃く出ていた。先を競うように「先生」と声をかけ、囲まれた楸邨氏は、廊下の上手で歩をとめた。その時、澄雄が左右両腕を男性同人に支えられて下手から現れたのだった。二、三歩歩いたあと踞るのを、左右の同人が引き上げようとする。着ている上衣だけがあがって腹部の肌が見えた。絞るような声で「先生」と叫び、「死なれた……」と低い声で言って咳きこんだ。

そして澄雄は廊下に伏して慟哭した。またも左右の人が引き上げようとした。ズボンがさがった。澄雄はこうした姿で、足の甲を廊下につけ白い踵を上向きにして、和室の方へ引き摺られていった。

「白鳥追慕。大正ロマンやな。明治の男とはちがう」

そんな囁きが聞こえた。

師澄雄は、夕刻近く二階にあがられた。弟子たちが休むように、勧めたのだ。半時ほど経ったころ、豊島高校の教え子だった湊淑子さんが、名古屋から駆けつけた。彼女はアキ子夫人を拝まれたあと、私たちに「なにかお手伝いを」と言ったが、その背に潮さんが声をかけた。

「父が『実生』のことで話すそうです」

『実生』は湊さんの近く出版予定の句集で、師澄雄は印刷前の選句をするため、原稿を鞄に入れて畑毛に向かったのだ。湊さんは軽くいやいやをするように首を振った。階段を下りてきた澄雄は、きりっとした表情だった。よく私の俳句を叱るときの、妥協を許さない厳しい面持ちだった。しっかりした足の運びで、涙はなかった。

「先生、お哀しみのなかですから……」

化粧のうすい、それだけに知的に見える彼女は、喪中をよく心得ていて、悲しげな表情で断った。しかし、澄雄は否定するように鯨幕を撥ね、書庫に入った。湊さんが後を追った。

男性同人たちの賛嘆の会話が聞こえた。

「すごいなあ、先生は俳句となると、違うんだなあ」

「俳句の鬼だなあ。鬼ってそんなにいないよなあ」

だが、五分ほどで二人は鯨幕から出て来た。そして、アキ子夫人の部屋に向かった。選句はされなかった。が、「森澄雄は、俳句となると哀しみに打ち克つ。断腸の涙のなか、正鵠を得た選句を為し遂げた」と、後日、こんな澄雄神話が「杉」の仲間にながれた。

片山さんと私は納棺には立ち会えず、棺に納められた夫人に合掌した。ご遺体は森澄雄の著作に囲まれていた。化粧品、袱紗もあった。荼毘も留守役でお骨は拾えなかった。

岩井英雅「森澄雄ノート㉚」より。

「死出の夫人には紅の朝顔の浴衣を着せ、茶事に愛用していた菊の小紋の着物を掛けた。棺には釘を打たず、玄関の早咲きの白萩を顔を包むように入れ、すきだった撫子も添えた。（略）憔悴しきった澄雄が、傍目も気にせず、ただおろおろと泣き崩れているさまを正視できなかった。そこには、最愛の妻に先立たれた、六十九歳の一人の人間としての『森澄夫』の姿があった。」

（「杉」平成二十五年九月号）

妻がゐて夜長を言へりさう思ふ

川崎展宏　対談「白鳥夫人の思い出」より。

「川崎＝慟哭なさっている姿を見て、それは人間のなりふりというものを捨てて泣くということを弟子たちにも教える姿だと思います。で、大変お聞きしにくいし、そういうことを思い出していただくのがつらいことなんですけれども、お棺がいよいよ火葬される前に、手を入れてお顔を揉まれているように見えたんですが（略）

森＝棺は普通だったら石か何かで釘を打って家を出るんだけれども、釘を打ってくれるなど頼んだんだ。そして出棺する前にもう一度あけてもらって、最後の接吻をしてやった。火葬場でも直前にあけて、最後の別れを告げたんです。」（「杉」昭和六十三年十一月号）

・小田切輝雄記

「杉」昭和六十三年九月号編集後記より。

「アキ子夫人に初めてお目にかかったのは、僕が結婚したばかりの四十八年春、白鳥亭での句会のとき。帰りに森先生からお祝いにいただいたのが〈花杏樹下の二人と想ひをれ〉の色紙だった。この句は先生ご夫妻の銅婚を記念して詠まれたもの。

『まだ雪を置いた山々を背景に満開の杏の花がぽっと頬を染めたように明るかった。その樹下に二人を置いてみた』と先生は自解されている。当時は新婚気分も手伝って、樹下の二人を自分達の姿に置き換えていたが、何年か後に、中国の『樹下美人図』を見ていてはっとした。そこに描かれている女人の頬のふくよかさはアキ子夫人そのもの。光あふれる杏の花は夫人の面影でもあったのだ。思い出の一つを記し、ご供養とします。合掌。」

・藤村克明記

「八月十三日、私は久方ぶりに先生のお宅にいた。たまたま話が血圧のことに及ぶと、夫人は奥へ立って行って血圧計を二台持ってこられた。『だんだん便利なものが出て来たのよ。これなんか簡単だから……』と私の左腕を取って計って下さる。傍で先生がニヤニヤしながら見ておられた。

その四日後のことを、その時誰が予想できただろう。十七日の朝、畑毛温泉へ行く先生を車で駅まで送った後、昼頃、急に胸が苦しくなり救急車で入院、いったん小康を得たが、三時すぎに再び発作が起きて遂に還らぬ人となってしまわれた。

出棺のとき、庭に咲いていた撫子をお孫さんのすみれちゃんがそっと入れた。夫人の好きな花だったという。」


「杉」昭和六十三年十一月号編集後記より。
・榎本好宏記
「今号を白鳥夫人の追悼号の第二号とした。（略）
森先生の白鳥夫人を詠まれた百八十余句と、偶然見つかった白鳥夫人の『遺句』九句を併せて掲載したが、森先生の毎食後にセットする薬の包み紙に書かれた、
はなはみな　いのちのかてとなりにけり
の一句には、胸の詰まる思いがある。山本健吉先生や角川春樹さんと共に森先生が、吉野の花に寄せる思いをつのらせればつのらせるほど、それらの姿を傍から見ていた白鳥夫人

の心根が一層浮き立ってくる。死に際の命の透明さが、桜の実在を貫いて見事だ。合掌。」

暦のうえでは秋だが、八月二十日の告別式の空は、黒い粒子を含んだような青さであった。

「一時より二時まで」と告知したのだが、正午頃から喪服姿が道路の向かい側に集まり始め、黒い塊となった。五百名を越すその塊を、空が熱気の層となって圧縮しているような風景だった。近くには喫茶店も、自動販売機やトイレもなかった。

外で案内係をつとめたのは、たしか鈴木太郎、高橋鷹史、長谷川康吉さんたちだった。いちども水を飲みには来なかった。お浄めと答礼の係は「杉三才女」といわれた、大先輩の猪俣千代子、五十嵐みち、黒川路子さんたちだった。

「私がなぜ隅っこで、この役なの。蚊がいるのよ」

喪服が引き立てる艶やかさ、黒川さん一人が怒っていた。

「それは、俳壇をよくご存知だから。弔問への答礼はいちばん大切な役だと思います。案内係もそうです」

おそるおそる私は言った。黒川さんは笑窪を浮かべた。

やや人数が少なくなった頃、私たちも焼香の列についた。

棺の前に坊様、左手に森澄雄が棺に向かって正座。ガラス戸をはずし、すこし離して焼香台が庭に置かれ、数歩さがった左右に主要同人たちが並んで立っていた。

多くの弔問客の中から、ふいに喪主澄雄が膝を回して振り返り、「死に目にあえなかった」と泣いて子細を話すことが時々あった。どのような人に泣いたのか、その選択は分からない。と、誰かが背後でささやいた。

「先生はあの磬子《きんす》を鏡にしていらしゃるのよ」

意を分かりかねて首を傾げる私に、「あの、おりんの大きいの、お坊さんが叩いている鐘ね、真鍮で光っているわね、あれが鏡になって、今だれが焼香しているか分かるのね」

「どんな方に振り向くの？」

「あまり知らないお顔だから、アキ子夫人のお友達か、それから遠方のかた。あとは想像にまかせるわ」

夕刻、憔悴しきった師に、「なにも食べないのは、困りますね」と主治医が忠告した。首を振る師の姿に、囲む弟子たちも「すすめるのも酷な感じね」と言う有り様だった。三日間で牛乳をコップに三センチ、あとは氷水の氷を噛んでいた。以上が私の知る現状だった。主治医の先生が、台所の椅子に身を投げ出すように坐って、吐息とともに「どうしよう、千田さん」と、呟くように言った。

「そのうち召し上がると思います。悲しいけれど生きているのですもの」

シンクを背にした食卓の上に、白鳥夫人の華奢な眼鏡がおいてあった。そこが夫人の定位置だったのだろう。

「それが、本当に食べなくなる人がいるのです」

その言葉のとおり、師森澄雄はみるみる痩せていった。

葬儀から二日後、師は鮎さんの料理を力なく口にしていた。大方は口からぼろぼろと零れ落ちるままだった。スプーンに換えても胸元を汚した。会話のない食卓であった。

森澄雄「杉」昭和六十四年一月号より。

「女房は僕のいないときに亡くなってしまったんですが、午後一時頃に救急病院に運ばれて三時三十七分に亡くなっているから二時間以上は病院にいたと思います。その病院では注射を打って、点滴をして、息子を外に呼んで、『心筋梗塞の進行中だから親戚を呼びなさい』と告げて、そのあと亡くなるまで吐き気がして一回看護婦が来た以外は、看護婦も医者も来ていないんです。そういうことを思いながら僕は毎晩寝られない。おそらく心筋梗塞という病気は必ず死ぬんです。けれども、その間に有効な手を打てば助かるかも分からない。冠動脈が詰まるんですから病気のメカニズムは非常に単純です。その間に、集中治療室（ＩＣＵ）で風船治療をやれば助かるかもしれない。それを知ってくやしくてたまらん。」

昭和六十三年九月号「杉」の師の掲載句は、二句のみ。

八月十七日、妻　心筋梗塞にて急逝。
他出して死目に会へざりき……

木の實のごとき臍もちき死なしめき

いくさよりながらへたりし筆生姜

中西進「俳人・森澄雄の世界」より。

「木の実のごとき臍もちき死なしめき

口調も内容も異様なこの句は、何を言いたいのか。

（略）森は第二次大戦下、ボルネオの激戦を体験、中隊二百人中、生きながらえた者は八名だったという。森はその内の一人である。

この過酷な体験が森の体内から消え去るはずはない。おそらく無意識のしぐさの中に、戦争体験は存続し続け、平和への願いは真摯であろう。

森の俳句は、この命への愛惜を運び続けるものだ。森自身のいうところによれば、それが妻への愛、家族へのいとおしみになっている。

ところが、森はこの最愛の妻を一九八八年に失う。戦争体験の代償として愛し続けた妻の死を、森がどう受け止めたか、その衝撃がいかに大きかったかは計り知れない。

そこで冒頭の一句だが、一見すると、愛妻は巨大な臍を持っていたという報告に見える。しかしもちろん、臍の報告をしても始まらない。むしろ、臍といえば、森が心酔する松尾芭蕉の〈旧里や臍の緒に泣く歳の暮〉を思い出すではないか。臍は旧里と深く結びつく命の根元であり、木の実は命が結実したものだ。愛妻の命の根元は木の実のごとくであった――森はそういいたいに違いない。

木の実といえば、私には縄文への直覚的な連想がある。体育教師で和弓の名手だった妻。その妻は命の根元に縄文の力強さを秘めているという詩人の透視は、ごく自然であろう。

戦争体験の命の負荷は、したたかな生命の実りを秘めた妻によって癒やされ、妻の命は、持続されるべき責務として森に課せられていた。だからこそ、森はいうのである。『死なしめき』と。

この悔恨の言葉は、戦争の原体験と忽ちに呼応する。森の命も、分身としての愛妻の命も、生かし続けなければならなかったのに、いま森は妻を死なせてしまったのである。

森澄雄の世界は、このように命の貴さと結びついている。『木の実のごとき臍』という異様な言葉が、呪文のように響くのは、森の、生涯の焦点を言い止める俳句の、力の強さゆえに違いない。」

（「読売新聞」平成十五年六月六日夕刊）

ほほづきの妻こそ戀ひし赤らみし

17　美しき落葉と

この夜亡き妻と話して風邪心地

アキ子夫人の亡きあとの森家は、柿の葉が色づいても、どこか寒々としていた。そして師澄雄は、机の前で仕事をしているよりも、大方は仏壇の前でさめざめと泣いておられた。痩せられた背は肩胛骨が尖り、少し猫背になられた。

潮さんと鮎さんの手で、仏壇はいつも季節の花でかざられていた。供物の果実も彩りを添えている。だが声を立てずに泣く師は、棄てられた使い古しの傀儡のようだった。

私と片山路江さんは、必要があって、やむなくその背後を通るときは忍び足で歩いた。だが、地獄耳の師はきくっとふり向き、一瞥される。その目の冷たさに、私はいつも竦んでしまうのだった。

私は、何をしているのか？　と思う。

「事務手伝いでしょう。後片付けと、『杉』の発送と」

柔らかく、さとすように片山さんは言う。

「私の会社小さいでしょ。リーダーはとても理解があるけれど、若いのが文句を言ったの。『千田さんの机には、仕事に無関係の俳句の雑誌が積まれています。私用の電話も多いし、公私混同です』とね。で、本当のところ、もうお終いにしようかと」

「もう少しね、もう少し落ちつくまで、ね」


柿が実れば、明月をみれば、元気になられるのでは、と誰しもが願ったが、晴れた顔は見ることが出来なかった。ある日。

「おれが先に死ぬと思っていた。だからおれの死んだあと、友だちと旅でも出来るよう、働いてきた」

会員名簿を整理する片山さんと鮎さんの三人の傍に来て、師は低く呟く。三人の会話に仏壇の部屋から移動したのだ。

「笑い声に寄ってきたのね、淋しのよ」

片山さんはいつも冷静で、優しい。

スウェターを透す風が冷たくなった、ある日。

会員の「杉」のバックナンバーの要求に、書庫で探す私の背後で「できんのだよ」とうなるような呟きが聞こえた。振り向くと、真剣な、まるで縋るかのような目で、両手を垂らした師澄雄が揺れていた。その目がすさまじく澄んでいるのに、たじろぎながら私は視線を書棚にうつしつつ聞いた。

「どうなさいました」

「俳句ができない。俳句ができんのだよ」

返す言葉もないまま、私は激しく首を横に振った。三十代の森澄雄は、よく「俳句ができない」を口にし、「寒雷」では、澄雄の常套句といわれていた。

しかし今、目前の師は、泪をにじませはじめていた。

「アキ子夫人に、お願いなさいまし。アキ子夫人に」

早口の私の声は、叱っているようだったと思う。

安田容子「森澄雄・潮　父子の葛藤」より。

「アキ子さんが亡くなってから、平成九年、潮さんが結婚するまでの八年間森家は男二人所帯だった。（略）中心人物がいなくなったので、家族はみな、なに一つわからない大混乱に陥っていた。ところがそんな非常事態に、森さんは俳句を潮さんの所に持ってきたという。『〈木の実のごとき臍もちき死なしめき〉父の代表作の一つと言われている句ですが、その最後の部分が〈死なしめし〉となっている句と二つ持ってきて、どちらがいいと思うかと僕に聞くのです』

それまで潮さんにとって、父親は『近づきたくない怖い存在』だった。父の句は一句も読んだことがなかった。

『こんなときに俳句をつくるなんて、いったい父とはどういう人間なんだろう。この恐ろしいほど激しい、むきだしの生のままの感情をぶつけた俳句とは、父にとってなんなのだろう。そう思うと、初めて父のことを理解しなくてはと思ったのです。』

（「婦人公論・別冊介護読本」平成二年）

「杉」昭和六十三年十一月号編集後記より。

藤村克明記

「十月号の〈道の辺に陽の葉鶏頭妻うせし〉の座五は〈妻は亡し〉だった。その推敲の跡に先生の思いをひしひしと感じる。『僕は俳人ではない』『俳句つくりではない』と言われる師の言葉が今ほど身に沁みて伝わってくる時はない。

札幌の『にれ』の十周年大会には娘のあゆ子さんが、敦賀の鍛錬会には潮さんが同行した。『あの人はほんとに大変な人だった』とお子さんたちは白鳥夫人の偉大な働きぶりに改めて驚きながら必死にその穴を埋めようと奮闘されている。」

榎本好宏「白鳥夫人の許へ」〝師・森澄雄を悼む〟より。

「白鳥夫人の一周忌は翌年の七月三十日に自宅で営まれた。（略）この後料理屋で行われた供養の席で澄雄は、明恵上人の後を追って自殺した弟子の僧の話をした。

かいつまんで話せばこういう内容である。明恵上人には、明浄房慈弁と尊順房尊弁という二人の弟子がいて、日ごろから明恵より先に死にたいと願を掛けていた。ところが明恵は寛喜四年（一二三二）正月十九日他界した。そこで二人の僧は二十三日に栂尾を出奔、翌々日の二十五日に海に身を投げて死んでしまう、という内容だった。（略）『森先生大丈夫かしら』の不安が、当時の会員の間に広まった。

その後の東京句会では、明恵上人の話をもう一度した後に、芭蕉が寿貞に死なれた折の作〈数ならぬ身となおもひそ玉祭〉を挙げ、『芭蕉は、自分の心底の声を出した稀有《けう》な一人だと思う。俳句を作るよりも、人間がどう生きるかという、人間の真実の思いを表出した』という話をしたことで、前記の会員の不安は解消した。」

（「毎日新聞」平成二十二年八月十九日夕刊）

〈補〉供養の席には、私と片山さんは自宅の留守番で出席していない。「先生、陰々滅々。今にも倒れそうにして話された」と後日、女性同人の誰かに聞いた。

爺ヶ岳蟲出しの雷ひびきけり

晩秋の日のこと、昼食に潮さんは、ざる蕎麦をゆでた。

師の麺好きは、給食のなかった小学生のころ、昼御飯は百七段の石段を下りた蕎麦屋さんで、妹の貞子さんと二人、いつも厭きずに素うどんを食べて過ごしたからかもしれない。弁当を作らない母親は、月極で契約していたのだ。時々、うすく切ったかまぼこをおまけしてくれたと、当時を懐古していたが……。

片山さんと四人、食卓につくと、師は真っ先に啜られた。が、師は入れ歯を嵌めるのを忘れていた。うっと呻かれ、その場は凍りついた。口元から滝状に下がる蕎麦を見て、「お蕎麦切らないと！　鋏！　潮さん、鋏はどこ」と私は叫んだ。「おやじ吐け」と潮さん。だが、師は肩を怒らせて歯茎で噛み切った。

「嚥下力を過信したら、危険です」

師より二歳年長で薬剤師の片山さんは、ゆったりとした口調で言った。と、唐突に、

「タンスにゴン」

と師は言い、静かに笑われた。私は俯いていた。手を使って蕎麦を引き抜かなかったのは、蕎麦を咥えながらも毅然とした師に「不敬罪」の三字が浮かんだからだった。

師はすこしずつだが笑いを取り戻された。

師澄雄に逆らったことは、一回きりである。そのときだけは「杉」を退会しようと思った。『はなはみな』（ふらんす堂　平成二年十月刊）の編集の折りのことだった。所は片山宅。登場人物は師、片山路江、そして私。潮さんは買い物に出かけていた。季節は晩秋。師のざっくりと編んだセーターだけが記憶にある。編集は一頁二句が原則だが、二頁めと三頁めだけ一句立ての見開きとし、

「墓碑銘」

はなはみな
いのちのかてと
なりにけり

アキ子

なれゆゑに
この世よかりし
盆の花　　澄雄

そして六十七頁目は一頁一句とし、次の悼亡句をおいた。

木の實のごとき臍もちき死なしめき

師は、コクヨのノートにノンブルをつけ、それぞれの句集から拡大コピーした句を貼り付けた、八十頁中、七十七頁までの割付見本を機嫌よく見ていたが、

侘助や妻のことばはみな背後

で、突然表情をくもらせた。

「この句はトル」

「どうしてですか？　この一句で句集の幅が広がります」

「いらない。入れる必要なし。トル。この句はいらん」

怒り声で、執拗に繰り返され、「わっかりました」と私は言った。師は光る目で私を見据えて言った。

「君はまだ俳句のなにかを、知っていない」

片山さんが後で言った。「赤鬼と青鬼が向き合っているみたいだったわよ。先生赤い顔、あなた真っ青な顔」と。師が夫人賛歌で終始を望まれたのも、死別二年たらずなら無理はないと、後日悟った。私は人の情に疎いのだ。

『はなはみな』あとがきより。

「昭和六十三年八月十七日、妻を喪った。突然の心筋梗塞であった。折悪しく外出中で死に目に会えなかったことが返す返す残念で不憫である。巻首の、

はなはみないのちのかてとなりにけり

の『墓碑銘』の一句は、わがために一日ずつ分けてくれていた薬包みに書きのこしていたものである。

ここに妻を詠んだ句、妻のおもかげの宿る句をあつめて一書とした。私事ながら供養となれば幸いである。

森　澄雄」

再びの晩秋、瀟洒な『はなはみな』が出来上がった。「巻頭の見開きの『墓碑銘』の割付、栞で褒められてるじゃないか」と師は言い、墨で「澄雄」と書かれ、一センチ四方の落款をされた。そして、ひと言。

「こんな仕事を三回すると、君も俳句が上手くなるよ」

後年、〈侘助や妻のことばはみな背後〉は、「こんな句出したらダメよ」と、執筆中なのに「寒雷」提出の二句を、背なかごしに批判されたのだと、ぼそりと言われた。

なお平成十二年刊の『句集曼陀羅華』、妻への経代りに詠んだ供養の句集には、この句がちゃんと載っていた。

師澄雄は病に屈しない人だった。かつて夫人存命の昭和五十七年、六十三歳の九月。朝がた、執筆中に脳梗塞で倒れた。右半身の麻痺が来てそのまま入院。続いてリハビリで清瀬の東京病院に入院した。その後、多少の言語障害が残り、右手の執筆に難渋するが、夫人の介護もあって、日常の生活に支障のないまでに回復されている。

岡井省二「無題」より。

「昭和五十七年、清瀬の病院へお見舞いにあがった。先生の目に涙がにじんで〈病床にわれもさながら逆髪忌〉こんな句ができたんだけどなあ、とおっしゃった。その帰り（略）奥さんに『早くよくなってほしい、ですね』と私が申しあげると、『ウチのは、いざというときにはいつもちょっとばかり悪運が強いのよ』と、こともなげに、そう言われた。」

（「杉」昭和六十三年十月号）

同じ面会場面だが、飯田龍太・金子兜太・森澄雄対談『俳句の現在』の、森澄雄の言葉では少しおもむきが違う。

「岡井省二君が見舞いに来た。その時、『あの人は戦争の時もそうだったけども、どこか要領がいいから、とことんまで行ったら治りますよ』と言ったんだ。岡井が感心してね。」

（「俳句研究」昭和六十三年十一月号）

病床にわれもさながら逆髪忌

矢野景一「あるがまま」より。

「陰暦九月二十四日、蟬丸の姉逆髪の忌日。寝かされていて乱れた髪をした自分の姿を見ての句。病後の第一句だが、悲壮感はない。むしろ余裕さえ感じる。澄雄がその『風姿に学んだ』（『めでたさの文学』）という波郷の『惜命』の、晴朗に悲惨な病状を詠った深

刻さはない。病も医療技術も異なるというだけの理由ではないだろう。生きてあるという
そのことだけで足りるという達観した余裕があるように思う。己が命をもあるがままに受
け止めている。」

（「WEP俳句通信」69　平成二十四年八月）

平成三年九月、上行結腸に悪性のポリープが発症。内視鏡による切除手術は六回に及んだ、
その時の句は、

死ぬ病得て安心《あんじん》や草の花

さらに平成七年十二月、脳溢血で倒れて、入院。左半身不随となった。その時詠んだ句は、

水仙のしづけさをいまおのれとす

豊かだった白髪を丸刈りにして入れ歯をはずされた師は、にわかに好々爺の風貌になられた。同じ練馬区内の丸茂病院の大部屋で、実によい笑顔で岡さんと私を迎えられてくれた。師は岡さんの活ける水仙を、目で追っていた。そして、潮さんが画帳を両手で支え持つと、コンテで〈病める目にときに繚乱牡丹雪〉と書かれた。

師は、その後再び言語障害と、半身不随となり、山梨県の石和温泉病院に入院した。アキ

子夫人存命のときは、会話訓練と、リハビリにも励み、ほぼ回復したのだが、今回の石和温泉病院では、断固として言語障害矯正のリハビリを拒否された。顔を赤くし、「読むに耐えられない。なぜなら、テキストの文体が、文学からほど遠い。こんなものを俺に読ませるのか」と叫ぶ。

「先生、それは促音や撥音に重点をおいて作られた……」

師は青い顔で私をにらんだ。すさまじく怒っていた。

その結果、平成十二、三年ころには、潮さんと潮夫人の万里さんの二人だけが理解できて、ほかの人とは会話不能となった。

白鳥亭俳句会などでわからない師の言葉に、優しく幾度も質問するのは、小林鱒一さんと藤村克明さんで、私は危きに近寄らずだった。なぜなら、二度繰り返す質問には師は以前より短く答える。三度目には私のひきつった顔に首を振られる。句会では筆を手にしておられるので、師は直ぐさま書かれることも多かったが。

私がふしぎなのはあの難解なもごもごが、師の耳にはどう聞こえているのか？　ご自身の脳にはあるいは正しく届いているのかも知れないのだった。

私のそんな思いのなか、平成十三年三月、宮中お茶会に招かれた。師は御機嫌で告げられた。

「紀宮さまが、熱心に聞いてくださった」

「よかったですね」

いつも通訳をする潮さんは、御所の控えの間でに足留めであった。それでお相手は熱心に分かろうとなさったのであろう。私は師の御機嫌に合わせることなく、話題をそらしたのであった。


そのようなか翌四月二十三日、福岡県黒木町の素戔嗚神社に、石橋忍月（山本健吉の父）の歌碑とならび、澄雄句碑が建てられた。

素戔《すさ》鳴《のお》に大藤匂ふ夕べかな

神社の数メートル前から、藤の花の香りがした。お社そのものが藤に包まれているようだった。藤棚の傍に立つと、私の背をこえる高さから地に近くまでの、見事な花房であった。仰ぎ見ると、頭上の花のかたまりは裡に光をこめているようであった。

除幕式は境内の藤に囲まれた広場で行われた。

二人の神官が入場し除幕の儀、降神の儀、そして、祝詞奉上。

儀式は碑に向かって行われていた。その傍らに車椅子の森澄雄が、背筋正しく坐っていた。

「かけまくもかしこきあまてらす……」

南国の初夏である。藤の香である。旅の疲れも少しある。祝詞は意味不明である。出席者の中には俯き加減の人も出てきた。私も必死に睡魔と闘っていた。

それにしても、師はどのような環境にあっても公式の場では姿勢を崩されない。帝王学を学ばれたのか、と思ったこともある。

「かしこみかしこみまうす」

そこで祝詞は終わり、次いで玉串拝礼やら、神官の退場などのあと主宰者挨拶となり、「森澄雄先生のお言葉」と司会者が告げた。ところが通訳をする潮さんの姿がない。しかし、師は落ち着いていた。そして口を開いた。

「××××××××××」

強弱のある、意味不明の、広辞苑の「もごもご」（音声が口の中でこもっている）の解説とも違う。音程もある。なによりも師は心をこめて話していた。私には腹立たしいほど時が長く感じられた。

式のあとすぐに、同人の武藤和子さんが「お疲れでしょう」と笑顔で近づき、御木正禅さんは車椅子を押し始めた。師は歯を見せて笑っていた。車椅子を囲む「杉」の誰もが笑顔だった。何事もなかったように。背後で誰かが話していた。

「藤は本当は、夕方がいちばん香るのだそうです。上品な香りでしょう。いまは、まあ半分くらいですって」

藤の香に私は惑わされたのだろうか。

宮中お茶会の疑問というよりは、私の憂い、師澄雄との会話が可能だったらという、願望と諦めの混じり合った思いは、ながく私から離れなかった。それが次の引用文で解決した。

平成十五年、師八十四歳の春、四月十八日から六月二十九日の夏まで、姫路文学館特別展「森澄雄の世界」が開催された。その折発刊された『森澄雄の世界　俳句いのちをはこぶもの』(編集・竹廣裕子）という図録に、岡野弘彦氏が書かれた一文である。以下ほぼ全文を長いが「秋の淡海」にも関係するので掲載させていただく。

岡野弘彦「近江の春」より。

《森澄雄さんは奥さんをなくされてのち、何度か大患をわずらい、そのたびに見事に克服して来られた。会話の自在さは失われ、いつも御子息の潮さんが押す車椅子に乗っていられるが、表情はいきいきとして活力を感じさせる。

去年の初夏のころだったろうか。芸術院から連絡があって、天皇・皇后両陛下が文学の話を聞きたいとおっしゃっているから、第二部門（文学）の部長の三浦朱門、小説の丸谷才一、俳句の森澄雄、短歌の私と四人で、午後のお茶会にうかがって自由に話してほしいということであった。

御所の、庭に向って明るく窓の開いた部屋で、両陛下と紀宮様を中心に、三浦・丸谷・私の三人がこもごもに話した。そのうちに隣の車椅子の森さんの顔が段々と赤くなってくるのを感じていた。この席には、いつも話をとりつぐ潮さんが居なかったから、森さんがじれったさに、次第に興奮をつのらせていられるのがわかっていた。

突然、うなり声を押し出すような切迫した感じで、「俳句！」「短い、短い、」「時間！空間！」という単語が森さんの口からほとばしり出た。そのたまらない気持は、私にも手にとるようにわかった。

「いま森さんはこう言おうとしています。俳句は短い短い定型詩だけれど、その一句の中に、時間と空間が収められていなければならない、というのです」

私は通弁の役を、思わず買って出ていた。それに勢を得たように、森さんはさらに言葉をつづけた。

「近江、近江」「春」「芭蕉！」

「これは少しまとまった内容になりますが代弁して申します。芭蕉が近江へ来て『ゆく春を近江の人とおしみける』と詠みました。ここには見事に時間と空間がとらえられています。ところが、近江の大津に住む俳人の尚白がこの句について、『ゆく年を丹波の人とおしみける』と言葉を変えても、句意に支障はない。あれは言葉の動く句で表現の必然性がないといって非難します。これを聞いた芭蕉は、信頼する弟子の去来にむかって、『古人もこの国に春を愛すること、をさをさ都におとらざるものを』といってさとしました。おそらく芭蕉の胸の中では、壬申の乱にほろぼされた大津の都を柿本人麻呂が悼んで『春草の　繁く生ひたる、霞たち　春日の霧れる、大宮所　見ればかなしも』とうたった万葉集以来の久しい近江の春のあわれと、かすみわたる湖をつつむ空間とが、混然として一句の形をなしたものと思われます」

こんなふうに書くと、私がまるで独断で、森さんの意図を越えて話を展開させているように思われるかもしれないが、芭蕉のこの句をめぐる話は、日本の伝統文学の要点にかかわる問題で、人麻呂の「近江の荒都を過ぐる時の歌」をはじめ、平忠度の「さざなみや志賀の都は荒れにしを昔ながらの山桜かな」など、京の都におとらぬ近江の春のあわれは、和歌・俳諧の上では、ゆらぎない心の焦点の一つになっていて、世々の歌人も俳人も心は同じはずである。まして、短歌とか俳句とかいう詩心の凝縮を五十年も六十年もかさねつづけてきた者には、同じ思いが通いあっていて、森さんのわずかな単語でも、その真意は私の胸に直接にひびくのでありました。

予定の一時間をだいぶん過ぎていた。前半の丸谷さんや私が自由に話したことよりも、森さんのにじみ出すように言う息ずんだ単語の会話の方が、より印象深く聞いていられる方の心をとらえた感じがした。私が「森さんは近江が大好きで、何度も何度も近江へ出かけて行って、『淡海』という句集までございます」というと、皇后様が身をのり出すようにして「その『淡海』の句を、岡野先生、二・三句ご紹介くださいませんか」とおっしゃった。

今まではなめらかにお答えできていたのが、句を思い出そうとすると咄嗟には出てこなかった。胸の中で、（炎天より僧ひとり乗り岐阜羽島……あ、これは違うな）などと思っているうちに、ふとよいことに気づいた。

「幸に明日は紀宮様に私が和歌の御進講にあがる日でございます。今晩森さんに『淡海』の中の自選句を選んでもらって、私がおとどけすることにいたします」

のどかな気持になって、私達は御所を出た。丸谷さんが「岡野さん、どうしてあんなに森さんの言葉を通訳できるの。おどろいたね」といってくれた。ほめられたようで私はいくらか安心し、うれしかった。（略）

翌日、紀宮様への御進講の時に、これらの句の幾つかに私の感想や解説を申しあげて、皇后様にお渡しいただくことにしたのであった。》

（姫路文学館　平成十五年四月十八日刊）

うしろより聲あるごとし花野ゆく

「アシブネニノートタ」

水戸黄門のテレビ画面の、「この紋所が目に」の寸前で、師はいつも電源を切られる。私はこの画面だけが見たい。不満な私に突然の語りかけである。足舟？　悪し船？　湯船？と、めまぐるしく言葉をさがす。

「ユレナガラ、タダヨートタ」

師は筆ペンをとった。「葦舟で漂っていた」書いたあと、つかえながら、思いを残すことなく伝えようとの焦りをまじえて、師は懸命に話し続けた。質問は避けた。正確よりも思いを感じとめることにした。内容は、

――葦かパピルスの群生する川岸に、葦かパピルスの舟に仰向けに寝ていた。ゆるやかに川下に流れ、また戻った。靄がかっていて、見えるかぎり、葉と茎の緑の濃淡に包まれていた。魚が跳ね、くるぶしに水がかかった。白地では少し寒かった。すると、左肩に温もりを感じた。その匂い、その弾力、その感触、アキ子が左から躰を押してくる。

「おお、おまえ生きとったのか」

水面がゆらぎ、大泉学園町の机の前に戻った。――師の右の眉が上がって、その下の右目が宙を見ていた。その焦点の定まらぬ眼に、私は思わず左肩を引いていた。左眼はすこし澱んで見えた。

「トキドキクルノヨ」

現実でも来ると、真顔で言う。突然体を前方に倒し、

「ドン、ト、ウシロカラブーカーテクル」

上膊が鳥肌立つのを感じながら、私は言った。

「よかったですね、いつも傍らにおられるのですね」

「ヌクモリハ、ナガクノコルノヨ」


森澄雄氏に聞く「浮き世の華やかさに遊ぶこころ」より。

「――先生が眠っているとき、奥さんは白鳥となって出てきたりしませんか。

森＝たびたびは出てこないけれどもね。(笑)」

（「俳句朝日」平成十年十月号）


師澄雄が「人間森澄雄」を書かないか、と言い、私があまり熱心でなかったのは、『森澄

雄とともに』榎本好宏著や『森澄雄』脇村禎徳著などを読んでいたからであった。これ以上なにを書くのか。二度目に「書かんのか」と言われたとき、咄嗟に「私、哲学に弱いですから」、すると間髪を容れずに「一句にも、哲学はなくてはならない」と言う。そして、ふいと車椅子を回し、半身不随ゆえに右片腕だけを使い、厚み十センチほどはあるA4版の講談社『日本大歳時記』を抱きとった。そして紙の角が溶けかかった本のページを器用にめくった。――食事は、口からこぼすのに――思わず呟きそうになったとき、指でしめされた。

秋めきて白桃を喰ふ横臥せに　森　澄雄

長崎の坂の秋めく石畳　森冬比古

「歳時記に載った親父の句はこの一句だけ。しかも親子で」

そのページに手を置き、その文字を細かく擦る師を前に、私はなぜか切なかった。このような話に私はもろいのだった。

「ルーマニア日記のですね、戦場で親子の対面の場面ですが、私もそこで泣いてしまうんです」

唐突に話をかえたが、師は「ほーね」と言って、めずらしく歯茎を見せて笑われた。

思えば、昭和六十二年の紫綬褒章に続き、この年、平成五年には勲四等旭日小綬章を綬章されていた。

のち平成九年、第五十三回恩賜賞を授与され、日本芸術院賞を受け、日本芸術院会員となる。さらに平成十一年には毎日芸術賞をうけた。四月、勲三等瑞宝章を受章。そして十七年、文化功労者として顕彰。それらの勲章を、さすがに擦ったり撫でたりはしなかったが、あまり表情は見せずに、弟子たちに披露したりする日もあった。

そんなある日。資料集めはしているが、いっこうに書かず、白鳥句会のほか訪れなくなった私に、「資料がある」と声がかかった。師の生活は、〈嫁のそば嬰の添ひゐる初鏡〉と詠まれているように、じつに良くできた嫁さんと、孫の真人君を加えての、温和な四人家族となっていた。

師はすこぶるご機嫌だった。白とブルーの表紙の『中上健次発言集成6』を、二回ほど撫でるようにして、差し出した。栞のところを読めという。

「中上＝僕なんかも四十一歳で、まだ言葉として若い意味の持っているみたいなところに一応いるんでけすけど、そうすると、肩に力が入っている表現をしたりするんですよね。で、肩に力を入れてやっていると、あ、頑張ってるじゃねえかと、読者とか編集者が引っかかってくれるわけで、また違うんですよね。ほんとは、もっとそれこそ肩の力を抜いて……。

森先生、それから山本健吉先生を見ていても、男の無頼みたいなものがぐうっと出てくるんですよ。今度の山本先生の祝賀会のパーティーでも、わあっとなっているところで、森先生、きちっと挨拶なすったでしょ。」

師は、澄んだ目で笑ってから、「ほんとの意味の男の無頼みたいなものがぐうっと出てくるという。すごい、さすがだな、いいな」のあたりを、ちょっと震える指で擦り示したあと、「持っていけ」と言った。受けとりながら「そういえば、先生が『俳句は破落戸《ならずもの》にならねば』と講演なさったという、平畑静塔氏の文章がありましたね」と言うと、「あそびを　せんと……や」と師は打てば響く、ただしもつれた口調で応えられた。

平畑静塔「『鯉素』抜書」より。

「栃木県俳句作家協会の大会に、残暑の中を態態と足を労された澄雄が、一席の説話をしてくれたが、その結びの止めの言葉だけを私ははっきりと覚えている。

『……俳句は破落戸《ならずもの》にならねば出来ませぬよ。』

こんな見事の結びの説話を、俳人の口からは聴いた事はなかった。破落戸とは何かあばらやの破れ障子のような字だが、道楽者、無頼漢、遊び人、不如意者等々の種類の人間に共通する、世捨漂白吟遊の処世ぶりを自卑して言った言葉らしい。」

（「俳句」昭和五十四年四月臨時増刊号―森澄雄読本）

花野ゆき行きて老いにしわらべかな

師森澄雄の密葬は、平成二十二年八月二十二日、親族と「杉」関係者の七十名ほどで、多摩葬祭場思親殿で行われた。祭壇には近影と「釈顕真」の位牌。まずは、

堪えて湛えて澄む水に澄雄　　金子兜太

の弔句がアナウンスで流された。ついで、杉同人会長の藤村克明氏の悼辞へと移った。彼の背は小刻みに震えていた。切々と途切れがちの感謝の言葉であった。

ついで角川春樹氏のお別れの言葉、いずれも私の胸に響いた。とくに「私が生涯を通して先生と呼べる人はわずか三人だけである」と、その一人に森澄雄をあげられたとき、泣く前の胸の震えがきた。万感こもごも到るであった。

追悼句は、

白鳥の妻に呼ばれし森澄雄　　角川春樹

荼毘に付された師の遺骨は、まことに白く、そして意外な量で弟子たちの前に現れた。

「普通は壺の半分です。お年のわりには、見事なお骨です」

壺に骨を山盛りにし、蓋をのせて圧す感じで収められた。となりに立つ酒井和子さんが囁いた。「綺麗な骨ね」。背後に「死の行軍二百日と蜥蜴を食わんと、こんな立派な骨にはならんとです」や「九十一歳は天寿」の私語を聴いた。

最後に長男の潮さんが、会葬御礼を述べた。

「闘病生活に父は耐えて生き、今、安らかに母と逢っていると思います。戒名を頂いた時、あゝ、雪嶺の……」

潮さんは絶句した。と、会場の弟子全員が声を合わせて「ひとたび暮れて顕はるる」と和讃のように後を詠んだ。潮さんは大きく頷いてから、

「〈雪嶺のひとたび暮れて顕はるる〉その『顕』だと思いました。父は退院したら、月一回は旅をして、つつ抜けた明るい大きな句を創るのだ、と申しておりました。僕はいま、清々しい気持ちでいます」

死の前日、八月十七日は、アキ子夫人の祥月命日だった。その日に出来上がった第十五句集『蒼茫』の見本を、師澄雄はすでに荒い呼吸をしながら、手の平で確かめるようにさすっていたという。そして、潮さんが一句一句読み上げるのに頷いてはいたが、意識は半ば夫人

の許にあった。

翌八月十八日　午前六時二十二分逝去　享年九十一歳

斎場を出ると、日盛りだった。「美しかりし百日紅よ」、と酒井和子さんが指さして、あとは〈さるすべり美しかりし与謝郡〉と呟いていたが、私には開き切った瞳孔で見ているような、色を消した眩しさだった。

私は呟き続けていた。

――先生、私は先生の俳句への志は理解できましたが、詠うとなると、叶えられませんでした。けれども先生は迫ってくる死を口にはせずに、俳句をつくることだけを、口になさった。ですが私は作句にはついて行けず、先生に生き方と死に方を習いました。

美しき落葉とならん願ひあり

は私の好きな句の一つです。――

有馬朗人「森澄雄さんを惜しむ」より。

「車椅子でしかも言葉が殆ど通じないような状態でも、角川書店の新年会などによく出席され、明るい表情で握手したり、何か声を出して挨拶をしてくれた森澄雄さんが、八月十八日肺炎のため亡くなられた。九十一歳であった。十九日であったか日経新聞から感想を求められた。私は澄雄さんが前衛俳句全盛期に飯田龍太とともに伝統俳句を守ったこと、抒情派であったこと、淡海の句など多くの秀句について述べた。そして何よりもこの十年の闘病生活の中でも、なおも作句への情熱を失わなかった強靭な作家魂を称えたのであった。それから二週間程たった頃句集『蒼茫』が送られて来た。そのあとがきに、

『蒼茫は際限なく広く、蒼々として深いの意。一句の世界も斯くあるべきだろう。平成二十二年五月佳日』

と記されていた。自ら選び自ら後書を書いた最終句集であった。きっと校正も自らの目でやられたのであろう。

私はこの句集の一句一句への思いに胸を打たれた。『常臥』とか『臥しをれば』を据えた句が四十句近くあり、そのような日々の中でよくそこまで努力を積まれた。その精神力とおとろえない詩魂に脱帽した。（略）

そして終身妻思いであった澄雄さんの

雉《きぎす》鳴く妻恋ひのこゑわれもまた

など妻恋いの句も又忘れ難いものとなった。
澄雄さんさようなら。安らかにお休み下さい。」

（「天為」平成二十二年十月号）

戦にも獄にも死なず多喜二の忌

金子兜太「澄雄の基本」〝追悼森澄雄〟より。

「森澄雄と私の違うことの一つに、戦中体験の戦後における活かし方――というのも可笑しいが、要するに、戦中体験が戦後の生きざまにどのように影響したかということがある。簡単に言えば、澄雄の場合は、ひどい苦労に耐えて戦い、生き貫いた、そのことを誇りとし、『もののふ』の魂を体する男児（そして人間）として戦後を生き貫くという姿勢だった。私の言い方だから不十分かもしれないが、彼のボルネオ戦線から戦後捕虜のかなりの長期苛酷な闘いを思えば、十分納得できることで、その姿勢を保守的などとは言えない。

したがって俳句にも、その『もののふ』の気魄を蔵して生きる自分の内面を情感諸とも書き込むことを専らとし、表現論とか詩形論とかといった、言わば彼から見れば形式的な詮索には、むしろ拒否的だった。若い俳人との論争らしいものにもその姿勢を貫いていたし、一九七〇年前後からの率直な、いわゆる戦後俳句批判も、そこに根がある。」

（「俳句界」平成二十二年十月号）

一月やわが蒼茫の富士の空

角川春樹『白鳥忌』より。

「大泉生協病院の病室で、私は森澄雄さんとご子息の潮君に、『琵琶湖に行きたい』という先生の望み通り、人生の最後の旅をご一緒に行きましょうと約束した。私は更にこう言った。

『先生、琵琶湖を眺めて死んで下さい。それが最も詩人らしい死に方だと思います』。」

（文學の森　平成二十三年六月刊）

願はくは花の下にて、の西行の辞世の歌から、森澄雄の理想的な死を考える時、「琵琶湖の自然に抱《いだ》かれながら息を引き取ることが最も詩人らしい生であり死に違いない」との思いから、角川春樹は口にしたのであった。

蒼茫の夜空を渡る雁の数　　角川春樹

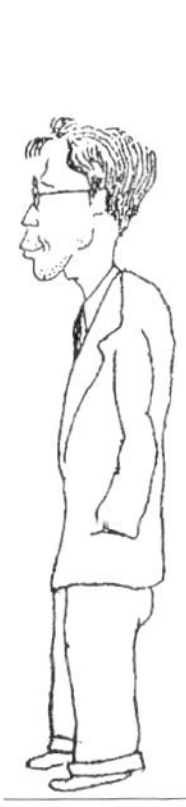

あとがき

先生との約束「人間　森澄雄」を書くのは、初めは気が進まなかった。榎本好宏『森澄雄とともに』、脇村禎徳『森澄雄』、岩井英雅『俳句の天窓』と、すでに名著があったからだ。

「むりです。それに、先生のイメージを崩すかもしれません」

「千田の書いたもので、崩れるような俺ではない」

そこで、資料集めがはじまった。森澄雄の、時代に翻弄された青春時代、「寒雷」編集長時代と読みすすむうちに、その稀有な人生に惹かれた。そこで、背後から見た「人間　森澄雄」を書こう、と思った。

質問はほとんどしていない。質問者としての資質を私は持っていないと、自覚していたからだ。感覚で受けとめるだけで、よいのではないか。ただ、今となっては尋ねたかったことが多々ある。怒りをかっても聞きたかった本音や事実など。

それともう少し師への怒りや哀しみを、感情の迸るままに書けばよかったと思う。

編年順にしなかった悔いもある。

八十六歳になった私は、この春かるい脳出血で、まさに鬼の霍乱。右手一本でのパソコン打ちである。

けれども、森澄雄を書き続けたい想いは終わってはいない。未使用の資料がまだ八割はのこっているから。


最後に没を決め込んでいた原稿を、「WEP俳句通信」に引き合わせてくれた森潮さん。体調をくずした私のために、校閲を引き受けて下さった、もと「俳句研究」編集長の赤塚一犀氏の並々ならぬご尽力。ご多忙のなかを帯文を書いて下さった文藝評論家の川村湊氏。出版をお引き受け下さった大崎紀夫編集長。皆様方に深く感謝いたします。

ありがとうございました。

２０１６年７月

千田佳代

初出　「WEP俳句通信」71号〜85号。
「秋の淡海」を加筆いたしました。

著者略歴

千田　佳代（せんだ・かよ）

1930年（昭和５）　東京生まれ、函館育ち。明治大学文学部卒
文芸同人誌「公園」「朝」などに作品を発表
1979年（昭和54）　ＮＨＫ俳句・森澄雄講座に入会
1985年（昭和60）　森澄雄主宰の俳句結社「杉」同人
句集『樹下』　小説に『五月の花を』（作品社）
2010年（平成22）　『猫ヲ祭ル』（作品社）で第６回小島信夫文学賞受賞

現住所＝〒252-0011　神奈川県座間市相武台３－18－９

森澄雄の背中

2016年９月15日　第１刷発行
2017年３月31日　第２刷発行

著　者　千 田 佳 代
発行者　池 田 友 之
発行所　株式会社　ウエップ
〒160-0022　東京都新宿区新宿1-24-1-909
電話　03-5368-1870　郵便振替　00140-7-544128
印　刷　モリモト印刷株式会社

※定価はカバーに表示してあります　ISBN978-4-86608-027-7